KB074191

아빠의 법칙

세상 모든 아빠의 이상하지만 사랑스러운 일상

아빠의 법칙

초판 1쇄 발행 2024년 5월 15일

지은이 앨리 프룹스트 & 조엘 윌리스
옮긴이 박정은
펴낸이 유성권

편집장 윤경선
책임편집 조아윤 **편집** 김효선
해외저작권 정지현 **홍보** 윤소담 **디자인** 박채원
마케팅 김선우 강성 최성환 박혜민 심예찬 김현지
제작 장재균 **물류** 김성훈 강동훈

펴낸곳 ㈜이퍼블릭
출판등록 1970년 7월 28일, 제1-170호
주소 서울시 양천구 목동서로 211 범문빌딩(07995)
대표전화 02-2653-5131 **팩스** 02-2653-2455
메일 loginbook@epublic.co.kr
포스트 post.naver.com/epubliclogin
홈페이지 www.loginbook.com
인스타그램 @book_login

- 이 책은 저작권법으로 보호받는 저작물이므로 무단 전재와 복제를 금지하며, 이 책 내용의 전부 또는 일부를 이용하려면 반드시 저작권자와 ㈜이퍼블릭의 서면 동의를 받아야 합니다.
- 잘못된 책은 구입처에서 교환해드립니다.
- 책값과 ISBN은 뒤표지에 있습니다.

로그인은 ㈜이퍼블릭의 어학·자녀교육·실용 브랜드입니다.

아빠의 법칙

세상 모든 아빠의 이상하지만 사랑스러운 일상

DAD LAW

앨리 프롬스트·조엘 윌리스 지음 | 박정은 옮김

자는 것 같아서 채널을 돌리면
눈 감고 있었다고 말하는
아빠에 관한 모든 것

로그인

⚡ 서문

태초부터 모든 아빠는 아빠라는 존재를 지배하는 일련의 규칙이 존재한다는 걸 직관적으로 알고 있었다. 이 불변의 법칙은 아빠에게 싱거운 말장난을 하라고 속삭이거나, 언제나 깔끔한 흰색 운동화를 사게끔 인도한다. 《아빠의 법칙》이야말로 아빠라는 존재를 소년이나 동물과 구분할 수 있는 기준이라고 할 수 있다.

예전에는 아빠의 역할에 관한 이 절대적인 법칙에 대해 아무도 말하지도 쓰지도 않았지만, 이제는 그렇지 않다. 새롭게 아빠가 된 사람이든 벌써 몇십 년째 아빠인 사람이든 모든 아빠는 이 책을 통해 방대한 아빠의 법칙을 한 번에 살펴볼 수 있다. 아빠들은 책을 읽고 자기 행동을 바로잡아 법칙을 위반해 생길 수 있는 불상사를 막아야 한다. 다른 동료 아빠들과 본인의 내면에 있는 자존심이라는 나침반이 자신을 모니터하는 데 도움이 될 것이다.

아빠는 아빠의 법칙을 언제든지 다른 아빠들에게 적용할 수 있다. 그렇게 '최고의 아빠'로 자리매김했다면 규칙을 어긴 다른 아빠에게 이 칭호가 새겨진 머그잔과 셔츠, 모자 일체를 넘겨받을 수 있다. 본인과 가족, 그리고 동네에서의 평판을 위해 아빠의 법칙을 숙지하자.

목차

서문		4
1장	집에서의 아빠	7
2장	공공장소에서의 아빠	23
3장	차에서의 아빠	35
4장	아빠와 돈	47
5장	아빠와 음식	55
6장	아빠와 아이들	69
7장	아빠와 기술	89
8장	아빠와 패션	101
9장	아빠의 언어와 용어	113
10장	아빠의 조언	129
11장	아빠의 장난과 속임수	135
12장	야외에서의 아빠	145
13장	아빠와 집수리	153
14장	놀 때의 아빠	161
15장	아빠의 오락	169
16장	직장에서의 아빠	177
17장	휴가 중인 아빠	185
18장	아빠와 기념일	193
19장	아빠와 잠	201
맺음말		206
감사의 말		208

DAD

집에서의 아빠

LAW

집에서의 임무

아빠의 첫 번째 임무는 집 안의 온도 조절기를 사수하는 것이다. 구체적인 이유와 함께 아주 설득력 있는 주장을 펼치지 않는 한 그 누구도 마음대로 집 안 온도를 조절할 수 없다. 심지어 그럴듯한 이유를 대더라도 아빠들이 온도 조절을 허락해줄 가능성은 거의 없다.

가족 중 누군가가 추워서 집 안 온도를 높이려고 온도 조절기를 만지려고 하면 다음 중 하나와 같이 말하며 온도 조절기를 지켜낸다.

a. "스웨터 꺼내 입어라."

b. "히터 옆으로 가. 거긴 더워."

c. "추워? 추어탕 먹고 싶다고?"

d. "이 정도로 안 죽어."

e. "밖에 나가서 동네 한 바퀴 뛰고 와라. 금방 따뜻해질걸."

집에 들어오는 모든 사람에게 들어오든 나가든 문을 꼭 닫으라고 강조한다. 아빠는 온 동네를 난방(혹은 냉

ᄫ)하는 데 돈을 쓸 생각이 없으므로 문을 닫는 것이 가장 중요한 일 중 하나다.

🙂 문이나 창문을 열어 놓는 사람에게 "파리 놓아주나 보다." 같은 말을 한다.

🙂 가끔 전등 스위치를 켜면서 연기하는 말투로 이렇게 말한다. "빛이 있으라!"

🙂 언제나 이 집에서 불 끄는 사람은 자신밖에 없다고 불평한다.
  a. 모든 집안 식구들에게 방에서 나올 때 불을 꺼야 한다고 끊임없이 상기시킨다.
  b. 불이 많이 켜져 있는 방을 발견하면 "여기는 무슨 라스베이거스 같네!"라고 지적한다.
  c. 가끔 과장된 표현을 하며 가족들에게 전기 회사에 지분이 있느냐고 묻는다.

🙂 누군가 냉장고 문을 2분 이상 열어 놓는 사건이 발생하면 반드시 그 범인을 찾아 냉기가 다 빠져나가지 않도록 문을 닫으라고 말한다.

9
집에서의 아빠

😊 냉장고 문을 연 채로 한참을 그 앞에 서 있는 누군가를 발견하면 혹시 냉장고 안에서 뭔가 나오길 기다리고 있는 건지 물어본다.

😊 집에 있을 때는 잘 열리지 않는 병뚜껑을 열어야 하는 경우를 위해 언제든 대기하고 있어야 한다.
   a. 뚜껑을 연 다음, 도와달라고 한 사람에게 이렇게 말한다. "네가 거의 다 열고 준 거 같은데?"
   b. 뚜껑을 열고 나서 팔에 힘을 주어 '알통'을 자랑할 수도 있다.

😊 아빠에게는 쓰레기를 내다 버릴 책임이 있다. 아빠가 아니면 아무도 그 일을 하지 않을 것이기 때문이다. 아빠는 아이가 그 일을 잘할 수 있는 적절한 나이가 될 때까지(불평하는 날도, 불평하지 않는 날도 있겠지만) 계속 쓰레기 버리는 일을 한다. 단, 아이가 성장하면 아이에게 일을 시키는 게 새로운 책무가 된다.

😊 아빠는 어느 시점이 오면, 사실 쓰레기를 내다 버리는 것을 자신이 즐기고 있다는 사실을 깨닫게 된다. 밖으로 나가면 혼자만의 소소한 휴식 시간을 가질

수 있기 때문이다. 쓰레기를 버린 후, 잠시 밖에 머무르면서 아이들의 떠드는 소리에서 해방되는 기쁨도 누릴 수 있다.

🧑 긴급하게 변기를 뚫어야 하는 상황이 발생하면 그것이 어느 정도로 끔찍한 상황인지와 관계없이 아빠가 투입된다.

🧑 밤에 가족들이 제보해 오는 기이한(실제이거나 또는 누군가 상상한) 소리를 모두 조사해야 한다. 사실 아빠에게도 으스스한 작업이지만 누군가는 해야만 한다.

·❀— 벌레 잡기 —❀·

🧑 가족이 사는 집에 무단 침입한 벌레가 발견되면 승인된 절차를 따라 벌레를 처리한다.
   a. 가족에게 "벌레 입장에선 네가 더 무서워."라고 말한다.
   b. 사실은 벌레가 무섭더라도 안 무서운 척한다.
   c. 벌레를 확인했을 때 위험한 종류가 아니면 무죄 판

결을 내린다(예를 들어, "저건 그냥 모기를 잡아먹는 벌레야. 징그럽게 생기긴 했지만 물지는 않아."라고 한다).

_d._ 가능한 한 벌레를 정중하게 집 밖으로 내보낸다.

_e._ 그 생명체에게 사과한다(예를 들어, "조그만 친구야, 미안하지만 너는 나가야 해. 넌 집세도 안 내는 데다 이 사람들이 다 네가 나가길 바라고 있어."와 같은 말을 한다).

_f._ 침입한 벌레를 친절하게 집 밖으로 호송할 수 없으면 어쩔 수 없이 상황을 강제로 종결시켜야 할 수도 있다. 자기방어를 위해 벌레를 죽여야 할 경우, 아빠는 설사 벌레가 정말 소름 끼치는 모습으로 달려들거나 신발로 내리칠 때 벌레가 바스러지는 끔찍한 소리가 나더라도 소리 지르지 않는다.

_g._ 가족 전체에게 모든 문제는 해결됐고 벌레는 죽었으니, 방에서 나와도 된다고 선포한다.

_h._ 벌레에서 가족 모두를 해방한 아빠는 영웅으로 칭송받는다.

·❀── 반려동물 기르기 ──❀·

반려견을 키우는 아빠는 다음의 행동을 한다.

a. 원래 동물을 키우지 말자고 했던 사람이었더라도 가족이 된 개와 사랑에 빠져 누구보다 애지중지 키운다. 아빠들은 반려견을 이길 수 없다.

b. 키우는 개를 볼 때마다 개 팔자가 상팔자라고 말한다. 일을 안 해도 되고 하루 종일 뒹굴면 주인이 배를 어루만져 주니 꿈 같은 삶이 따로 없다. 또 개가 온종일 소파에 누워있었다는 사실을 알면서도 일부러 아주 힘든 하루를 보냈을 거라고 말하며 게으른 개를 놀리기도 한다.

c. 그러면 안 된다는 것도 알고, 다시는 그러지 않겠다고 말했음에도 식사 후 남은 음식을 몰래 개에게 건넨다.

d. 개의 옆구리를 빠르게 세 번 두드림으로써 개를 쓰다듬는 시간을 끝낸다. 이는 개한테 너는 착한 아이지만 이젠 자리를 옮길 시간이라고 알리는 동작이다.

e. 개한테 누가 착한 아이인지 하루에도 몇 번씩 묻는다.

f. 아빠는 반려견을 다음과 같이 애정 어리지만, 굴욕적인 별명으로 정답게 부른다.

    i. "아이고, 우리 똥개."

ii. "어이, 복실아."

iii. "에구, 이 바보야."

iv. "이 게으른 녀석아."

고양이를 기르는 아빠에게도 위와 비슷한 법칙이 적용되지만, 동물의 기질에 따른 약간의 차이가 있다. 아빠가 '고양이를 좋아하지 않는 사람'인 경우를 살펴보자. 아빠가 고양이와의 적정 거리를 유지하려고 할수록 고양이는 아빠를 점점 더 좋아하게 될 가능성이 높다. 가족들은 이 흥미진진한 상황을 즐겁게 지켜보면 된다.

물고기를 기른다면, 물고기가 갑자기 죽었을 때 아이가 그 사실을 알아채기 전에 재빠르게 다시 가게로 달려가 똑같은 물고기를 사 오거나 변기 옆에서 물고기 장례식을 치러야 할 수도 있다. 항상 마음속에 필요할 때 언제든 꺼내 쓸 수 있는 물고기 추도사를 간직하고 있는 것이 좋다.

·⊰⊱─── 청소 ───⊰⊱·

🙍‍♀️ 아내가 '분노의 청소(천 개의 태양과 같은 강렬함으로 온 집안을 미친 듯이 청소하는 것을 말한다)'를 시작한 것을 목격한 아빠에게는 다음과 같은 두 가지 선택지가 있다.

a. 아빠도 같이 청소를 시작해서 아내의 분노를 능가하거나 적어도 따라잡기 위해 애쓴다.

b. 가능한 한 아내의 눈에 띄지 않는다. (둘 중 어느 쪽이든 아이의 도움을 받기 위한 노력이 필요하다.)

🙍‍♂️ 아빠가 집을 청소할 때는 다음 중 한 가지 이상의 행동을 한다.

a. 쓰레기봉투를 들고 다니며 이렇게 말한다. "지금부터 바닥에 뭔가(증거물 제1호: 임의의 물체) 떨어져 있는 게 내 눈에 띄면 바로 쓰레기봉투에 넣어서 버릴 거야."

b. 이사 갈 때가 된 것 같다고 농담한다.

c. "이 방은 폭탄 맞은 거 같네."라고 말한다.

d. 최대한 많은 사람이 죄책감을 느껴 청소를 돕도록 "백지장도 맞들면 낫다던데." 같은 말을 한다.

e. "이 집에선 물건이 어디에 뭐가 있는지 찾을 수 없

는 게 당연해!"라고 말한다.

f. "이제 여긴 곧 어떤 변화가 있을 거야!"라고 경고한다. 아빠도 그 변화가 무엇일지는 확신할 수 없지만, 변화가 있을 거라는 사실은 알고 있다.

g. 마구 어질러진 방을 '돼지우리'라고 부른다.

h. 아이가 집안일을 하는 것에 대해 불평하면 원래 이런 일을 다 공짜로 시키려고 아이를 낳은 거라고 농담한다.

🧒 가족 중 누군가가 물건을 못 찾고 있을 때 이렇게 말하며 놀린다. "넌 머리가 몸에 단단히 붙어있지 않았으면 머리도 잃어버렸을 거야!" (지금은 이렇게 말하지만, 다음에 자신이 뭔가를 잃어버렸을 때 누군가가 그렇게 말하는 것은 허락하지 않는다.)

🧒 아이가 바로 코앞에 있는 물건을 찾지 못하고 있으면 "그게 뱀이었으면 넌 진즉에 물리고도 남았겠다."라고 말한다.

🧒 아이가 집에서 물건을 찾고 있으면 아빠는 다음 중 하나의 행동을 해 아이를 돕는다(아이는 그다지 도움이 되

지 않는다고 생각할 수도 있다).

a. "그걸 마지막으로 가지고 있던 데가 어디야?"라고 묻는다.

b. 왔던 길 그대로 되돌아가 보라고 말한다.

c. 방이 깨끗했으면 일어나지 않았을 일이라는 걸 다시 한 번 일깨워준다.

d. "물건을 못 찾겠을 때 제일 먼저 해야 할 일은 청소를 하는 거야."라고 말한다.

e. "잃어버린 물건은 항상 네가 그걸 마지막으로 본 장소에 있게 마련이야."라고 말한다.

🙂 가족 중 누군가가 집 안 어딘가에 음식이나 쓰레기를 그대로 내버려둔 것을 발견하면 "혹시 개미 키우고 싶은 사람? 이게 개미를 키우는 데 최고야."라고 말한다.

·⚬·— 설거지 —·⚬·

🙂 설거지를 맡으면 전부는 아니더라도 최소한 그릇 몇 개는 불려야 한다는 명목으로 싱크대에 남겨 둔다.

사실 마음속으로는 그걸로 설거지가 완벽하게 끝난 것으로 간주한다.

식기세척기에서 그릇을 꺼내다가 칼은 식기세척기에 넣으면 무뎌지니까 넣지 말라는 말을 가족들에게 한 번씩 다시 말한다. 또 식기세척기에 그릇을 넣을 때 본인이 쓰는 방식만이 올바른 사용 방법이라고 생각하기 때문에 아빠의 목소리가 들리는 반경 안에 있는 모든 사람에게 이 비결을 공유한다.

칼 가는 도구를 가지고 있다. 그걸로 식칼을 갈 때 영화에 나오는 닌자가 된 것처럼 몰입한다. 칼이 무딘 상태면 자신의 상태도 그런 것 같은 느낌을 받는다.

플라스틱 용기의 뚜껑을 찾을 때마다 용기에 맞는 뚜껑 찾기가 얼마나 어려운지에 대해 불만을 토로한다. 뚜껑이 한가득 들어 있는 서랍을 열면 이유 있는 욕설을 내뱉을 수도 있다.

·☜──·· 화장실 관례 ··──☞·

👦 가족에게서 잠시 떨어져 휴식을 취하거나 설거지로 부터 도망칠 피난처가 필요할 때는 일단 화장실에 숨는다. 그리고 모습을 드러내도 충분히 안전한 상황이라고 판단되거나 아내가 나타날 것을 요구할 때까지 나가지 않는다.

👦 자신은 터무니없이 긴 시간 동안 화장실에 머물다가 나오곤 하지만 다른 가족이 조금이라도 길게 화장실에서 나오지 않으면 "뭐야, 변기에 빠진 거야?"라며 묻는다.

👦 샤워실을 사용하고 나면 다음 중 하나 이상에 대해 잔소리한다.
a. 배수구에 걸려 있는 머리카락의 양
b. 늘어놓은 샴푸 통과 각종 세면용품의 수

👦 아빠의 모든 신체 기능은 필요 이상으로 큰 소리가 나지만, 특히 재채기 소리는 집 전체가 흔들릴 정도로 크다.

😊 코를 풀 때 이상하리만큼 잊히지 않는 뱃고동 소리를 낼 수 있다. 아빠가 어떻게 이런 소리를 내는지는 설명할 수 없는 거대한 의학적 미스터리지만, 이 현상은 사라지지 않는다. (오히려 나이가 더 많아질수록 소리가 커질 것이다.)

😊 화장실을 사용하다가 예의상 중간에 한 번 물을 내려야 하면 그렇게 한다. 필요한 경우, 화장실에서 나오면서 가족들에게 조금 있다가 들어가라고 경고한다.

😊 할 수 있다면 양초를 켜거나 방향제를 사용한다. 또는 성냥을 켜는 게 좋겠다고 추천할 수도 있다. 이는 아빠가 가족의 안녕을 염두에 두고 있음을 보여준다.

😊 화장실에서 샴푸 통 뒷면의 글씨를 읽는 것 말고는 아무것도 할 일이 없는 모습을 들킬까 봐 읽을거리를 준비해서 읽는다.

·ᵍ— 아빠의 공간 —ᵍ·

👦 아빠에게는 서재나 공방, 차고, 게임방, 취미용 방 같
은 아빠만의 공간이 필요하다. 거기에는 가족들이
함께 쓰는 방에는 둘 수 없는 장식품이나 물건을 진
열해 놓을 수 있다. 그런 물건에는 아빠의 개성과 관
심사에 따라 다음과 같은 것들이 포함된다.

a. 비디오 게임용품

b. 스포츠용품

c. 가죽으로 겉장을 꾸민 화려한 책들과 적어도 하나
이상의 골동품 지구본이나 지도

d. 네온사인(다양한 종류가 있지만 특히, 불이 들어오는 맥줏집 간
판)

e. 위장 또는 사냥 장비

f. 영화관 관련 용품(특히, 90년대 영화의 포스터, 1년에 딱 2번 이
용하는 팝콘 기계, 불필요하게 큰 화면)

g. 바처럼 꾸민 구역이나 술 진열장

h. 핀볼, 다트, 포켓볼, 테이블 축구, 탁구 등의 게임

👦 아빠의 공간은 아내의 승인이 있어야 비로소 신성한
공간이 된다. 아내가 뭔가를 바꿔야 한다고 말하기

전까지 이 구역에 대한 통제권은 완전히 아빠에게 있다. 하지만 만약 위와 같은 상황이 발생한다면 순순히 아내의 말에 따른다.

⋯⋯ 집에서 듣게 되는 말 ⋯⋯

😀 집에 원래부터 있었던 벽에 부딪히면 "저 벽 누가 저기다 갖다 놨어?"라고 묻는다.

😀 본인이 집주인이라는 사실을 주기적으로 아이들에게 상기시킨다. 그 예로 다음과 같이 말한다.
a. "우리 집에서 사는 한, 내 규칙에 따라야 해."
b. "내 덕에 잠 잘 곳이 있지."

😀 당분간 집을 비우는 일이 생기면 가족에게 나를 대신해 집을 잘 맡아 달라고 신신당부한다.

2장

공공장소에서의 아빠

한다.

a. 염력으로 문을 여는 척한다.

b. 뒤에 서 있는 사람에게 농담으로 말한다. "제가 문 열어드릴게요."

·◦·———· 각종 모임 ·———·◦·

😊 만약 여러 명이 어딘가로 다 같이 걸어가게 되면 "도보 여행하는 것 같군."과 같은 말을 한다.

😊 마음에 드는 새로운 곳(예를 들어, 새로운 맥줏집, 무료 팝콘이 있는 세차장, 무료 리필이 가능한 식당, 아빠가 좋아하는 곡을 주로 연주해 주는 바 등)을 가게 되면 "여기 딱 내 스타일이다."

같은 말로 만족을 드러낸다.

🧒 일상 대화 도중 가능한 한 잡다한 지식을 알려주고 싶어 한다. 전혀 재미있지 않은 내용이라도 "재밌는 사실은…."이라는 말로 이야기를 시작한다. 아무도 묻지 않은 정보를 공유하는 것이 아빠의 소명이다.

🧒 최근에 머리를 자른 사람에게 말을 걸 때는 아빠의 법칙에 따라 다음 중 하나와 같이 말한다.

a. "지금이 훨씬 낫다."

b. "귀 위치가 낮아진 것 같아."

c. "멋있다. 넌지 못 알아봤어." 이 말을 할 때는 종종, 팔꿈치로 살짝 찌르는 동작을 하는데 그냥 놀리는 말임을 드러내는 것이다.

d. "너 머리 잘랐어?

    i. 도대체 어디를 자른 거야?"

    ii. 그래도 아직 머리카락이 남아 있네."

🧒 아빠들은 지금은 한물가버린 기업이나 예전에 자리하고 있던 모든 건물과 가게에 관심을 가진다. 그리고 그럴 때는 시간의 경과에 대해 놀라움을 표현한

다(예를 들어, "여기에는 원래 '블록버스터'라는 비디오 가게가 있었다고!").

🙂 이웃이 세차하는 것을 보면 "그 차 끝나면 제 차도 해 주실래요?"라고 물어본다. (이웃이 눈을 치우고 있을 때도 같은 행동을 한다.)

🙂 어떤 종류든 상관없이 예전에 참여하기로 했던 친목 모임을 피하고 싶다면 아이 핑계를 대고 안 가는 것이 허용된다. 아빠가 아이 때문에 갈 수 없다고 말하면 누구도 뭐라 하지 않는다.

DAD

LAW

— 3장 —

차에서의 아빠

😀 차를 탔을 때 뒷자리에서 아이들이 말썽을 피우면 차를 돌리겠다고 협박한다.

😀 보통 운전대를 잡은 아빠가 차에서 듣는 음악에 관해 완전히 통제권을 가지고 있지만 다음의 경우에는 예외다.

   a. 울고 있는 아기가 〈모아나〉 OST에만 울음을 그치는 경우

   b. 아내가 다른 걸 듣자고 요구하는 경우

😀 자동차 열쇠를 깜박하면 다시 가지고 돌아와 노래하듯 이렇게 말한다. "이게 없으면 못 가지요~."

😀 아이가 차에 탈 준비를 하기 전에 "출동 준비~!" 같은 말을 한다.

😀 아이가 운전할 수 있는 시기보다 적어도 1년 전에 시험 삼아 차 운전을 해보게 한다. 그러다 집 앞 진입로에서 뒤로 미끄러져 내려가는 상황을 맞는다.

😊 도로에서 빨간불 앞에 오래 정차해 있을 때 신호를 지켜보고 있다가 빨간불이 파란불로 바뀔 때쯤 자기가 신호를 바꾼 것처럼 연기한다. 아이가 신기해하며 신호를 어떻게 바꿨는지 물어보더라도 솔직히 말하면 안 된다. 마술사는 절대 비밀을 밝히지 않는다.

😊 가족 중 누가 주차한 차 앞으로 걸어가면 경적을 울려 깜짝 놀라게 한다. 이것은 할 때마다 재미있는 장난이다.

😊 누군가를 도로 진입로에서 기다리거나 차로 데리러 가면 그 사람이 타려고 다가올 때 차를 약간 앞으로 이동한다. 아빠는 이것을 다섯 번에서 열 번 정도 반복할 수 있을 뿐만 아니라 웃음이 멈출 때까지 계속할 수도 있다. 그러고 나서 마지막으로 한 번 더 한다.

😊 차 밖에 서서 차 안에 있는 사람과 이야기를 나눴다면, 그 사람이 차를 타고 떠나기 전에 차 지붕을 두 번 빠르게 두드림으로써 대화를 정리한다. 그들의 안녕과 안전한 여행을 기원하는 방식이다.

밤에 차를 운전하는 경우 아이가 운전에 방해되는 차 실내등을 켜 놓으려고 하면 그건 불법이라 경찰 아저씨가 우리 차를 잡아갈 거라고 겁준다.

가족들에게 차가 멈추는 건 이번이 마지막이기 때문에 화장실에 가야 하면 지금 가는 게 좋을 거라고 경고한다.

폭우가 내릴 때 운전을 하다 육교 밑을 지나게 되면, 마법을 부려 비를 멈출 수 있는 것처럼 연기한다.

·❖·─ 다른 운전자 비판하기 ─·❖·

차에서 하는 욕은 욕으로 보지 않는다. 상대방이 욕 먹어도 싼 경우에는 특히 그렇다.

어느 도시를 가든 "이 도시 사람들은 운전하는 법을 모른다."고 한다.

빨간불이 파란불로 바뀌었는데도 앞차가 계속 멈춰

있으면 그게 비록 몇 분의 1초라고 해도 다음 행동 중 하나 이상을 한다.

a. "파란불이잖아!"라고 말한다.

b. 곧바로 경적을 울린다.

c. "앞으로 얼마나 더 파래져야 출발할 생각이지?"라고 말한다.

d. "전화기 붙잡고 있는 거 아냐?"라고 의심한다.

엉터리로 주차한 차를 보면 "주차 잘~했네."라고 말한다. 이것은 아빠가 하는 말 중에 가장 모욕적인 말이다.

이와 유사하게 누군가가 방향 지시등을 켜지 않는 것을 보면 "방향 지시등 잘~ 켜네."라고 말해야 한다. 전혀 잘 켜지 않은 것이다.

눈이 오거나 비가 오는 날을 포함해 어떤 종류의 날씨건 상관없이, 기상 조건이 좋지 않으면 도로에 있는 모든 운전자가 날씨가 궂은 날에 어떻게 운전해야 하는지 모른다고 말한다.

예의주시

- 트럭에 물건을 실을 때는 끈으로 물건을 단단히 고정한 후 "절대 움직이지 않을 거야."라는 말을 하기 전까지는 누구도 운전할 수 없다.

- 새로운 도시에 도착하자마자 기름값에 대해 평가하면서 고향의 기름값과 비교한다. 가격 차이가 얼마 나지 않으면 1997년에는 기름값이 얼마나 쌌는지에 대해 이야기한다.

- 자신이 안 간 도로가 막히는 것을 보면 "저 길로 안 가길 잘했네!" 또는 "우리가 저기에 없어서 다행이야!"라고 말한다.

- 다음 주에 만날 모든 사람에게 경찰이 어디에서 속도 위반 딱지를 떼는지 알리는 것은 아빠의 의무다. 이것은 일종의 공공 서비스다.

- 한번 속도위반 딱지를 떼이면 딱지 뗀 곳을 지나갈 때마다 '경찰이 숨어서 과속 단속을 하는 곳'임을 상

기 시킨다.

- 교통 체증을 비롯한 예상치 못한 상황에 직면하면 '좋은 시간을 보내고' 있다고 허풍을 떤다. '좋은 시간'은 아빠가 가장 자주 이용하는 시간과 관련된 단어 중 하나다.

- 운전 중 말을 발견하면 "와, 저기 봐, 말이야."라고 말해야 한다. 말이 보이는데 그것에 대해 아무 말도 없이 그냥 지나가는 건 명확하게 금지되어 있다.

- 차의 앞 유리에 벌레가 부딪히면 이렇게 말한다. "또 이럴 배짱은 없겠다."

- 새로 지어진 건물을 지날 때는 그냥 지나치지 않고 "와, 진짜 빨리 올라갔네."라고 말한다.

- 비행기가 날아가는 모습을 보고 다음 중 하나 이상의 말을 한다.
  a. "어디로 가는 것 같아?"
  b. "좀 낮게 뜬 것 같은데."

c. "비행기 종류가 뭔지 아는 사람?" (아빠는 이미 답을 알고 있다.)

·⊹── 길 찾기와 도착 시간 ──⊹·

어떤 상황에서도 자발적으로 길을 묻지 않는다. 스스로 길을 찾거나 길을 찾다가 죽을 것이다.

운전 중 길을 잃은 아빠는 그냥 경치 좋은 길로 가는 거라고 한다.

아빠는 내비게이션에 나오는 예상 도착 시간을 이기려고 한다. 성공하면 대화를 나누게 되는 모든 사람에게 그 사실을 알려서 그들이 충분히 감명 받을 수 있게 한다.

누가 길을 물어보면 사람들이 스마트폰으로 길을 찾는다는 사실을 잊어버린 것처럼 목적지까지 가는 길을 상세히 알려준다.

5분이라도 늦는 것은 아빠의 법칙을 위반하는 것이므로 목적지에 일찍 도착하는 일정으로 계획할 것이다. (24p, 〈도착과 출발〉 참조)

·◦— ··· 추억하기 ··· —◦·

아이들에게 자동식 창문이 나오기 전, 옛날에는 손잡이를 돌려서 창문을 내리느라 거대한 근육이 생기던 시절이 있었다고 이야기한다.

아이들에게 자신의 첫 차가 얼마나 싸고 고물이었는지 이야기한다. 하지만 그것에 대해 이상하게 감상적인 태도를 보인다. (아빠들의 첫 차에는 언제나 조금 오글거리는 애칭이 있다.)

아빠는 운전 중 도시의 번화한 곳을 지날 때 이렇게 말한다. "옛날엔 여기가 다 밭이었는데."

유지 보수

🙂 아빠는 타이어를 발로 차보면 타이어 상태에 대해 알아야 할 모든 것을 알 수 있다.

🙂 수동 변속기 운전을 배우는 것의 장점에 대해 언제든 강의할 준비가 되어 있다. 그건 점점 사라져가는 예술의 일종이라고 보면 된다.

🙂 가족에게 워셔액과 좋은 와이퍼 날의 중요성을 상기시킨다.

🙂 매뉴얼에 10,000km마다 엔진 오일을 교환해야 한다고 나와 있더라도 5,000km마다 교환해야 한다고 주장한다. 또 엔진 오일을 바꾸고 2,000km를 탔을 때부터 얼마나 탔는지 주기적으로 확인한다.

🙂 차에 이상이 있을 때 무엇이 문제인지 정확히 모르면 소리로 봐선 교류 발전기 문제 같다고 말한다.

🙂 차의 손상 부위를 살펴볼 때 도움이 되려고 애쓰며

절대 지워지지 않을 흠집에 대해서도 어쩌면 '지워
질' 거라고 말한다.

🙂 정기적인 정비를 위해 자동차를 가져가는 것을 '튜
닝'이라고 부른다.

🙂 신형 자동차는 모두 컴퓨터에 의해 움직이기 때문에
직접 고칠 수 없다고 한다.

🙂 언제나 중고차를 구매할 때의 경제적인 이점을 설파
하지만 신상 자동차가 지나가면 눈을 떼기 어렵다.

🙂 새 자동차를 구입하는데 명분이 필요할 때는 언젠가
운반해야 할 수도 있는 모든 것을 가정해 말도 안 되
는 가상 시나리오를 만든다.

⋯⋯ 주차와 운전 ⋯⋯

🙂 주차 법칙:
   a. 주차할 때 주차 공간으로 차의 앞부분부터 들어가

는 것이 쉽더라도 후진해 들어간다.

b. 더 가까운 주차 공간을 찾을 수도 있다는 희망으로 가까운 주차 공간을 지나친다.

c. 더 나은 주차 공간을 찾으면, 이후 30분 동안 마주치는 모든 사람에게 이 사실을 알린다.

🙂 평행 주차하기, 특정 모퉁이 찾기, 교통이 혼잡한 곳에서 차선 바꾸기와 같이 어려운 운전 조작을 시도할 때는 그것을 하는 동안 라디오 소리를 줄인다.

🙂 진입로 밖으로 후진할 때 조수석 머리 받침대에 오른팔을 올리고 뒷창문 밖을 단호하게 응시한다. 후방 카메라가 있더라도 완전히 신뢰할 수 없다.

🙂 화창한 날에는 운전석 창문을 내리고 창틀에 팔꿈치를 올려놓을 것이다.

DAD

4장

아빠와 돈

LAW

·❀···· 경제적 조언 및 원칙 ····❀·

👶 적어도 일주일 또는 이 주일 주기로 가족과 아빠 말을 들어 줄 모든 사람에게 "돈이 땅을 판다고 저절로 나오는 게 아니다."라는 사실을 일깨워준다.

👶 아빠는 사람들이 흔히 생각하는 것과 달리 돈으로 만들어진 존재가 아니다. 이 사실을 잊어버린 것 같으면 아빠가 상기시켜 줄 것이다.

👶 아이에게 돈을 아주 조금 준 다음 "한곳에서 다 쓰지 마라."라고 한다.

👶 "사실이라기엔 너무 좋아 보이면, 사실이라기엔 너무 좋은 것이다."라는 당연한 말을 언제나 지혜로운

교훈이라는 듯이 말한다.

👩 어디에서든 계약서의 세부 조항을 모두 읽으며 가족에게도 꼭 그렇게 해야 한다고 말한다. 세상에 속이기 쉬운 사람들은 정말 많지만, 아빠는 그 사람들 중 한 명이 아니다.

👩 자기가 말한 것을 실제 행동으로 보여주지 않는 사람은 존경하지 않는다.

👩 추가 품질 보증은 모두 거절한다. 거기에 마음이 흔들릴 수 있기 때문이다.

👩 기본적으로 공짜를 좋아하지만 "세상에 공짜는 없다."라는 말에도 고개를 끄덕인다.

··⋘── 소비 습관 ──⋙··

👩 주기적으로 돈을 쓰는 것과 쇼핑에 대해 불평한다. 여기에 예외적인 상황은 각종 수리점에서 돈을 쓸

때이고 그런 경우엔 불평하지 않는다.

😊 '가성비'가 좋다는 이유로 대량 구매를 선호한다.

😊 어른이 된 이후부터는 똑같은 지갑을 평생 사용할 가
능성이 높으며 그 지갑에는 다음과 같은 공통점이
있다.
a. 꽉 차 있다.
b. 가죽이다.
c. 항상 아빠의 바지 뒷주머니에 들어 있다.

😊 지난 25년 동안 받은 영수증을 모두 보관하고 있다.
언제 마트 영수증이 필요할지 모른다.

😊 이웃이나 친구가 새로운 물건(보트, 오토바이, 각종 공구나
기계 등)을 사면 가장 검소한 아빠들마저 "나도 저거
하나 사야겠어."라고 한다.

😊 항상 둘 중 하나를 가져야 한다.
a. 모든 사람에게 이야기할 수 있는 새로 구입한 최신
TV

b. 모든 사람에게 의견을 물을 수 있는 가까운 미래에
최신 TV를 구입할 계획

😊 가족 중 누군가가 유명 디자이너나 브랜드 제품을 사
려고 하면 가격이 너무 비싼 데다가 비슷한 제품을
훨씬 더 싸게 살 수 있다고 말하며 반대한다.

😊 하지만 자신이 좋아하는 브랜드(슈프림, 폴로 등)에 대해
서는 '비싼 데는 이유가 있는 법'이라고 말하며 예외
를 다둔다.

⚙⟶ 청구서와 지출 ⟵⚙

😊 청구서를 보기도 전에 "다해서 얼마 나왔어요?"라고
묻는다.

😊 살 물건이 너무 비싸다고 생각하면 할수록 순 날강도
나 다름없다고 한다.

😊 계산원이 청구하는 총금액이 예상보다 크면 자신의

반감을 드러내기 위해 심장이 아픈 척 할 수도 있다.

💬 높은 가격을 확인하면 그에 대한 반응으로 놀라움을 나타내는 낮은 휘파람 소리를 낸다.

💬 어떤 제품이 너무 비싸면 이거 사느라 허리가 휘겠다고 한다.

💬 쓰는 돈이 얼마인가와 관계없이 모두 '거금'이라고 말한다.

💬 큰 금액의 뭔가를 사기 전에는 '일단 계산 좀 해볼' 시간이 필요하다고 말한다. 그 계산은 쉽게 이뤄지지 않는다.

💬 어떤 것에 많은 돈을 내야 할 때는 분명 누군가 바가지를 씌우고 있다고 불평한다.

💬 평생 살 일이 없을 것 같이 엄청나게 비싼 물건을 볼 때는 지금 당장 사기엔 예산보다 약간 비싼 것 같다고 농담한다.

너무 비싼 뭔가에 대해 선을 그을 때 이렇게 말한다. "내가 거기에 그렇게 많은 돈을 낼 거로 생각한다면 다시 생각하는 게 좋을 거야."

절약

가족에게 낭비가 없으면 부족함도 없다는 사실을 상기시킨다.

키친타월을 반씩 찢어 사용함으로써 돈을 아끼려 하고 그래서 키친타월을 더 오래 쓸 수 있다.

비싼 샴푸를 안 쓰는 대신 구할 수 있는 한 가장 저렴한, 샴푸, 린스, 바디워시 기능을 모두 합친 일체형 제품을 쓴다.

생활용품 사는 돈을 지나치게 아끼지만 한 가지 예외가 있다면 화장실용 휴지다. 절대 싼 휴지나 세 겹 미만의 휴지를 사지 않는다. 아빠는 짐승이 아니다.

🙂 복권은 절대 안 산다고 말해왔더라도 이번 회차의 로또 당첨금을 정확히 알고 있다.

·◦⟶ 경제 용어 ⟵◦·

🙂 누구든, 어떤 주제였든 협상이 끝난 후에는 상대방에게 '쉽지 않은 상대였다'고 말하며 칭찬한다.

🙂 회계사나 다른 금융 전문가들에 대해 '책상에 앉아 계산기 두드리는 것밖에 모르는 사람들'이라고 말한다.

DAD

5장

아빠와 음식

LAW

🧒 배고플 때

🧒 배고플 때는 저녁 식사 자리에 늦게 부르는 것만 아니면 자신을 뭐라고 부르든 상관없다고 말한다.

🧒 다른 사람이 주문한 음식이 유독 맛있어 보이면, 일단 한입 먹은 다음 음식에 독이 들어 있는지 검사해 본 거라고 말한다.

🧒 어떤 더 큰 목적을 명시하는 메모(이를테면 '이 쿠키는 유치원 간식으로 가져가야 함. 먹지 마시오.'와 같은)가 붙어있지 않는 한, 방치된 과자와 간식을 모두 먹는다. 만약 쿠키에 목적이 명시된 메모가 붙어있으면 안 먹으려고 노력한다. 항상 성공하지는 않겠지만 노력은 한다.

🧒 식당

🧒 식당이 사람으로 꽉 찼고 5분 이상 기다려야 하면 준비하는 데 가장 오래 걸린 사람에게 불평한다. 분명 그렇게 지체된 시간 때문에 사람이 붐비는 시간을

피하지 못한 것이다. (24p, 〈도착과 출발〉 참조)

🙂 식당 안내원이 예약했는지 물으면 "음, 어쨌든 일단은 이렇게 왔습니다."라고 대답한다.

🙂 식당이 완전히 차 있거나 완전히 비어 있으면 아빠는 예약 한 번 잘했다고 한다.

🙂 실제로 그렇든 그렇지 않든 식당 안에서 나오는 음악이 너무 시끄럽다고 불평한다. 음량에 문제가 없으면 음악의 종류에 대해 불평한다.

🙂 식당에서 계산서를 받으면 다음 중 하나 이상의 말을 한다.
   a. "네가 낼래?"라고 말하며 계산서를 아이에게 건넨다.
   b. "우리 여기서 설거지라도 해야겠다!"

🙂 누군가가 스테이크를 바짝 익혀 먹는 모습을 목격하면 그 범법자가 고기를 망치고 있다며 차라리 숯덩이를 먹는 편이 낫다고 알려준다.

앉아 있는 식당 테이블이 흔들거리면, 냅킨이나 컵 받침처럼 '받칠' 수 있는 뭔가를 이용해 테이블을 고정하려고 애쓰는 것이 바로 아빠의 의무다.

식당을 나올 때 이쑤시개를 가지고 나와 입에 물고 터프가이인 것처럼 걸어 다닌다.

항상 계산대에서 공짜 박하사탕을 먹는다.

·⊱—··· 웨이터와의 상호 작용 ···—⊰·

아빠에게 웨이터를 웃게 만드는 것은 매우 중요한 과제 중 하나다. 웨이터를 웃게 만들려고 어떤 일도 서슴지 않다가 가족들이 곤혹스러워하고 있다는 것을 미처 깨닫지 못할 수도 있다. 그런 아빠의 꾸준한 노력으로 혹시 웨이터가 웃으면 그건 단순히 손님에게 친절하게 행동하는 것이 웨이터의 업무 중 하나이기 때문이라는 사실을 잊고 자신이 매우 재미있는 사람이라서 웃은 것으로 받아들인다.

웨이터가 자기를 소개하면서 "제가 오늘 담당 웨이터입니다."라고 하면 아빠는 자기 이름을 말하면서 "제가 오늘 손님입니다."라고 대답한다.

음식을 주문할 때, "그거면 됩니다."라고 자신 있게 말하는 것으로 주문이 끝났음을 공식화한다.

웨이터가 음료(알코올이 전혀 없는)가 더 필요한지 물어보면 아빠는 "아니, 괜찮습니다. 운전할 거라서요."라고 대답한다. 이것은 윙크와 짝을 이룰 수도 있고, 아닐 수도 있다.

웨이터가 다른 테이블로 가야 할 음식을 실수로 가져오면 아빠는 "우리가 주문한 건 아니지만 주신다면 사양하지 않고 먹겠습니다!"라고 넉살좋게 말한다.

·⊷— 식사 —⊷·

가족들이 주문을 너무 많이 했다면 음식을 다 먹은 후에 충분히 먹었길 바란다고 농담한다.

모두가 식사를 즐기고 있을 때 "음식이 맛있나 보군, 모두 조용한 걸 보니." 같은 말을 한다.

아이가 음식에 케첩을 지나치게 많이 뿌리는 것을 보면 "케첩만 먹지 말고 감자튀김도 좀 같이 먹을래?" 라고 묻는다.

음식이 마음에 안 들면 "뭐, 별거 없네." 같은 말을 한다.

아이가 식탁에서 아빠가 좋아하는 음식을 더 달라고 하면 아빠는 다 먹었다거나 나중에 아빠가 먹을 거라서 남겨둬야 한다고 농담한다.

❦── 커피숍 ──❧

커피숍에서 아빠는 무수한 선택지에 압도되곤 한다.

메뉴에서 가장 단순한 아메리카노를 선택하고 복잡한 음료를 주문하는 사람들을 공공연하게 업신여긴

다. (내심 그것이 맛있어 보인다고 생각할 수도 있지만, 그 모든 변형이 무엇을 의미하는지 알 수 없으므로 그것을 주문하기는 두렵다.)

🙂 아빠는 절대로 스타벅스 특유의 사이즈 지칭 용어(톨, 그란데, 벤티)를 사용하지 않고, 그 대신, '작은 거'나 '큰 거'만을 고집한다.

·⊶— 배부를 때 —⊷·

🙂 음식을 많이 먹었다면 다음과 같이 행동한다.
a. 가족에게 "집에 갈 때 굴러가야겠다."라고 말한다.
b. 허리띠를 푼다.
c. 30초 동안 숨을 내쉰다.
d. 그 식당을 '맛집'으로 선언한다.

🙂 식당의 음식이 맛있더라도, "너희 엄마가 만든 것만큼 맛있진 않지."라고 말할지도 모른다.

🙂 웨이터가 "남은 음식 포장해 드릴까요?"라고 물으면 "아니요, 선물할 생각은 없어요."라고 대답한다.

🙂 웨이터가 리필을 제안하면 아빠는 행복하게 "아이고, 그렇게까지 말씀하신다면 거절하지 않겠습니다."라고 대답한다.

🙂 맛있는 간식이나 음식을 다 먹고 자리를 떠날 때 마지막 하나는 꼭 가면서 먹을 용으로 챙긴다. 앞으로 갈 길은 멀고 가다 보면 배가 고파질 게 분명하기 때문이다.

🙂 아이의 그릇에 남아 있는 음식을 모두 먹는다. 첫 번째는 낭비하지 않기 위해서고 두 번째는(95%의 경우가 여기에 해당한다) 남은 음식이 도저히 맛이 없을 수 없는 돈가스나 치킨너깃이기 때문이다. 아이가 남긴 음식의 칼로리는 0이라는 것이 과학적인 사실이다.

🙂 트림하고 나서 다음과 같이 말할 것이다.
  a. "트림이 칭찬인 나라도 있는 거 알지?"
  b. "참는 것보단 하는 게 낫지."
  c. "내려갈 때보다 올라올 때가 더 맛있어."

피자

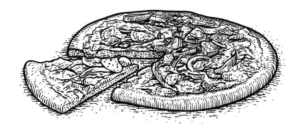

😀 "그냥 피자 시켜 먹을까?"라고 누군가 질문을 던지면 적극적으로 찬성한다.

😀 피자 먹는 날이 아이들을 위한 선물인 척한다. 하지만 그건 사실 부모가 요리와 설거지로부터 해방되기 위한 것이다. (다른 배달 음식의 경우도 비슷하다.)

😀 집에 있는 아빠에게 음식이 배달되면 배달원과 잡담을 한다. 가장 흔한 질문은 "배달 많죠?"이다.

😀 배달된 피자를 받아서 들어올 때 피자를 아무도 주지 않고 혼자서 다 먹을 것처럼 연기하면서 가족들이 싫어하거나 짜증내는 상황을 즐긴다.

옆에서 피자를 먹는 아이에게 "꽁다리가 제일 맛있는 부분이야!"라고 알려준다.

누군가 먹지 말아야 할 음식을 권하면 이렇게 대답한다.
a. "고맙지만 사양할게요. 지금 끊는 중입니다."
b. "지금 몸매 관리 중이에요." 종종 배를 두드리며 이 말을 한다.

·⊱—··· 아침 식사 ···—⊰·

아침부터 간식을 먼저 먹어 아이들을 놀라게 한다.

아침 식사를 만들 때 맛이 이상하거나 타거나 '구토를 유발할 수 있다고' 판단되는 요리를 자신이 먹어 치워서 아이들에게는 완성도 있는 음식을 남겨준다.

팬케이크처럼 프라이팬을 이용해 요리할 때는 아이들에게 과시하듯 주걱을 자유자재로 사용하고 현란한 뒤집기 동작을 시도한다. 음식을 놓쳐서 바닥에 떨어뜨리면 개도 아침을 먹을 수 있다.

·❖·—— 패스트푸드 ——·❖·

🙂 아이가 드라이브스루에 가자고 하면 "집에 가면 먹을 거 있어."라고 일깨워준다. 결코 집에 있는 음식과는 비교할 수 없으므로 아빠도 몰래 드라이브스루에 가는 것을 좋아한다는 사실은 아이에게 비밀로 한다.

🙂 맥도날드에서 아이에게 장난으로 해피밀을 먹을 건지 아님 새드밀을 먹을 건지 묻는다.

🙂 다음과 같은 패스트푸드를 '아빠를 위한 세금'으로 징수할 자격이 있다.
a. 어린이 세트에서 치킨너깃 하나
b. 어린이 세트에서 감자튀김 서너 개
c. 가방 안에 떨어진 감자튀김 일체, 일명 '보너스 감자튀김'

👶 아이스크림콘 두 개를 받아오면 두 개 다 자기 것인 척하며 아이에게 이렇게 묻는다. "어? 너도 먹으려고 했어?"

·❈── 쭈방에서 ──❈·

👶 요리나 설거지에 진심인 경우 어깨에 행주를 걸친다. 아빠가 어깨에 행주를 걸치고 만든 음식은 정말로 더 맛있다.

👶 자신이 샌드위치를 잘 만든다고 생각하면 '우리 집이 진짜 샌드위치 맛집'이라며 자랑한다.

👶 아이가 "오늘 저녁은 뭐야?"라고 물으면 아이가 절대 좋아하지 않을 (예를 들면, 개구리 반찬 등) 말도 안 되는 음식을 먹을 거라고 농담한다.

👶 아이가 "샌드위치 만들어 주세요."라고 말하면 아빠는 화려한 마술사 동작을 선보인 다음 이렇게 말할 것이다. "이얍! 너는 이제 샌드위치다."

😊 다음과 같이 주장할 수 있는 자신만의 요리법을 가지고 있다.

a. "세계적으로 유명하다."

b. "상을 받았다."

두 주장을 입증할 수 있는 인증서 같은 것은 없다.

😊 공짜 열기를 사용하기 위해 뭔가를 요리한 후 밥솥이나 오븐을 살짝 열어 둘 것이다.

·❦─ 고기 굽기 ─❦·

😊 만약 밖에서 고기를 구워먹기로 했다면 어떤 기상 조건에서도 야외에서 고기 굽기를 포기하지 않는다.

😊 야외에서 고기 굽기를 시작하기 전에 이제 불을 붙일 것이라는 사실을 공개적으로 선언한다.

😊 언제나 '의도적으로' 고기를 바싹 굽는다.

😊 잘못해서 음식이 바삭해질 때까지 탔어도 약간 탔거

나 살짝 많이 구워졌다고 말한다.

🐵 아빠에게는 자신만의 양념장, 양념, 고기 굽는 방법
같은 것들이 있다. 이 냄새로 숲에서도 아빠를 구별
할 수 있다.

🐵 반드시 앞치마를 두르고 고기를 굽는다. 소시지만 굽
는다고 해도 앞치마를 둘러야 하고, 예외는 없다. 아
빠가 앞치마를 벗는 모습을 보면 음식이 다 구워졌
는지를 알 수 있다.

🐵 고기 굽는 집게를 사용하기 전에 시험 삼아 몇 번 오므
려 봐야 한다. 아빠가 고기 굽는 화가라면 집게는 붓과
같다.

DAD

6장

아빠와 아이들

LAW

👶 아이와 함께하는 시간을 '아내를 도와주는 중'이라고 부르는 것은 아빠의 법칙에 위반된다. '육아'라고 불러야 한다.

👶 아이가 그림을 보여주면 그 작품이 실제 우수한지와 관계없이 칭찬한다. 아이가 아빠를 완벽한 동그라미로 그려서 자존심에 상처를 받았다는 사실은 중요하지 않다. 그림에 있는 상상력이 중요한 것이다. 비록 그림 속 아빠에게 다섯 개의 눈알과 꼬리가 그려져 있지만 그건 중요한 게 아니다.

👶 아이가 선물한 모든 수제 공예품을 매우 소중하게 여긴다. 그렇다, 이것은 아빠들이 가끔 사탕 목걸이를, 심지어 아주 자랑스럽게 착용하게 될 것이라는 의미이기도 하다.

👶 아이들이 무언가를 만드는 활동을 한 후에 온 집 안에서 반짝이가 발견되는 것에 대해 침착한 태도를 유지해야 한다.

물론 몇 년 동안 집 안에서 반짝이가 계속 발견될 것이고 바닥에 반짝이가 박혀 되돌릴 수 없다면 아마도 집을 다시 팔 때의 가격에 영향을 줄지도 모르지만 중요한 것은 아이들이 자신을 창의적으로 표현했다는 사실이다.

😊 다음과 같은 행사에 가능한 한 많이 참석하기 위해 최선을 다할 것이다.
a. 학교 공연
b. 학부모 상담
c. 스포츠 연습 및 경기
d. 음악 공연
e. 부녀 또는 부자 행사

·⋯ 애칭 ⋯·

😊 아이가 하나인 아빠는 그 아이를 '내가 가장 좋아하는 아이'라고 부른다. 이 경우를 제외하면 절대로 아빠에게 '가장 좋아하는' 아이가 있어서는 안 된다.

아이를 부를 때 다음과 같은 호칭을 쓰곤 한다.

a. 아기, 애기

b. 꼬마

c. 녀석

d. 친구

e. 내 새끼

f. 공주님 혹은 왕자님

g. 언니 혹은 형아(특히 동생들 앞에서)

⋯⊱━⋯ 아기와 유아 ⋯━⊰⋯

한 번쯤은 어린아이를 공중으로 가능한 한 높이 던진 다음 받아 낸다. 아내나 구경꾼, 행인들이 불안해하는 것에 흔들리지 않는다.

아기가 포대기에 싸여 있는 것을 보고 아이를 부리토에 비유한다.

다른 사람의 아기는 아주 조심스럽게 안지만, 자신의 아기는 럭비공 드는 자세로 무심하게 들고 다닌다.

아기가 장난감 전화기를 건네면 하던 일을 멈추고 전화를 받는다. "여보세요? 뭐라고요??? 말도 안 돼요! 예? 사장님 바꾸라고요? 알겠어요, 여기. 너 바꾸래."

아이를 들어 올릴 때마다 이렇게 말한다. "이야, 너 점점 더 무거워지는구나!"

아이의 기저귀에서 냄새가 난다는 사실을 알아채면 다음 중 하나와 같이 말할 것이다.

a. "나 아니야!"

b. "어, 이런. 기저귀 갈기에 나서야 할 사람이 있는 것 같은데. 혹시 너야?"라고 큰아이나 어른 친구에게 농담한다.

·❖·── 취침 시간의 루틴 ──❖·

잠자리에서 아이에게 이야기책을 읽어주는 아빠는 다양한 등장인물의 우스꽝스러운 목소리를 연기한다. 아이가 흥미를 잃을 때까지 매일 밤 이 목소리들을 똑같이 재연해야 한다.

🧒 잠자리에서 유난히 긴 이야기책을 읽어달라고 부탁
받았다면, 아이가 알아채지 못하는 선에서 글의 한
뭉텅이나 심지어 한 페이지 전체를 건너뛰는 것이
허용된다. 물고기 한 마리, 물고기 두 마리, 빨간 물
고기, 파란 물고기의 중간 부분을 건너뛰는 것은 결
코 누구의 독해력에도 해를 끼치지 않는다.

🧒 아빠는 아이가 요청할 때마다 괴물이 있는지 확인한
다. 특히 다음의 장소들에 괴물이 없다는 것을 확실
히 확인해야 한다.
a. 침대 밑
b. 옷장 속
c. 어둠 속 으스스한 그림자나 형체 주변

🧒 아이를 재울 때 자신의 육아 시간이 끝났음을 알리기
위해 다음 중 하나 이상의 말을 한다.
a. "나도 이제 잠을 좀 자야겠어, 내일은 중요한 날이
니까."
b. "편안한 밤 보내라."

c. "잘 자게, 친구."

d. "좋아, 불 끄자."

e. "아침에 보자."(아빠는 아마 5분 후에 물을 마시러 나오는 아이를 보게 될 것이다.)

·⸻· 놀이 시간 ·⸻·

아이가 놀자고 하면 본인이 얼마나 남자답고 터프한 사람인지와 관계없이 아이가 원하는 방식으로 논다. 좋은 아빠가 되는 것은 남자가 할 수 있는 '가장 남자다운' 일이다. 이는 다음과 같은 놀이들에 열정적으로 참여하는 것을 포함한다.

a. 다과회

b. 외모 가꾸기

c. 무도회

d. 공주님 놀이

e. 매니큐어 칠하기

f. 어떤 형식으로든 인형 놀이하기

g. 공예품 만들기

h. 우정 팔찌 만들기/착용하기

i. 혼자라면 절대 듣지 않을 노래(예를 들면, 〈겨울왕국〉 OST)

듣기(또는 크게 따라 부르기)

😀 아이의 주방 놀이에서 상상의 음식을 먹은 아빠는 그것이 지금껏 맛본 모든 음식 중에 가장 맛있다고 말한다.

😀 아이와 놀기 위해 잠시 바닥에 앉았다 일어날 때는 다음과 같은 말을 하거나 소리를 낸다.

a. "이제 이런 걸 하기엔 늙었나 보다."

b. "조만간에 다시는 못 일어날 거 같은데."

c. "아빠도 이제 예전처럼 젊지 않다."

d. "아빠 한번 밀어줄래?"

e. "있잖아, 아빠는 이제 그냥 여기 땅바닥에서 살게."

f. 알아들을 수 없는 외계어

g. 관절에서 나는 소리

h. 긴 앓는 소리

😀 아이를 핑계 삼아 자신이 내심 가지고 놀고 싶은 장난감을 모두 산다. 드디어 레고 세트를 원하는 만큼 제약 없이 당당하게 살 수 있다. "아이들을 위한 거

야!" 아빠는 장난감 상자에 표시된 상한 연령에도 당당히 웃을 수 있다.

🧑 주기적으로 괴물 행세를 하며, 집 안에서 즐겁게 소리 지르는 아이들을 쫓아다니는 것은 아빠의 책무다.

a. 간지럼 괴물, 아빠 괴물, 호랑이, 용, 사자 등에서 선택할 수 있다.

b. 아이들을 놀라게 하려고 예고 없이 어딘가에서 튀어나온다.

c. 다음 중 하나 이상의 소리를 낸다.

　　i. "크아아아!"

　　ii. "너를 잡아먹겠다!"

　　iii. "오, 이런, 내 몸이 괴물(또는 짐승의 이름)로 변하고 있어!"

　　iv. "도망치는 게 좋을 거야!"

🧑 재미를 위해 우스꽝스러운 다양한 방법으로 아이들을 옮긴다. 예를 들어, 다음과 같은 방법들이 있다.

a. 어부바

b. 말 태우기

c. '비행기' 태우기

d. 발을 잡아 거꾸로 들기

e. 양어깨로 짊어지는 소방관 운반법(옵션으로 돌리기 가능)

f. 슈퍼맨인 것처럼 이두박근에 매달리게 하기

부탁을 받으면(때로는 부탁을 받지 않고도) 아이가 담요 요새 짓는 것을 돕는다. 요새는 정말 멋지고 아빠는 요새 짓기를 남몰래 아이만큼 즐긴다. 아빠들은 그들의 삶에서 충분한 요새를 얻지 못한다.

✥⸺ 명언 ⸺✥

아이에게 "난 네가 아는 것보다 더 많은 걸 잊어버렸어."라고 말한다.

아빠는 가만히 앉아 있지 못하는 아이를 보면 바지 안에 개미가 들어갔는지 묻는다.

아이가 일어나라고 해도 일어나지 않으면 이렇게 묻는다. "다리라도 부러졌니?"

👦 아주 구체적인(어쩌면 그다지 중요하지 않은) 사실을 하나만 알지 못해도 "학교에서 뭘 배우는 거야?"라며 아이를 놀린다.

👦 아이에게 어떻게 대답해야 할지 모르거나 어떻게 설명해야 할지 모를 때 기본적으로 다음 중 하나의 반응을 보인다.

a. "더 나이가 들면 이해할 수 있을 거야."

b. "엄마한테 물어봐."

c. "그건 나중에 이야기하자."

d. "좋은 질문이야!"라고 말한 뒤 주의를 딴 데로 돌리거나 화제를 바꾸거나 장황한 연설에 돌입한다.

e. "그건 인류의 거대한 미스터리 중 하나야."

f. "네 생각은 어때?" 노련한 아빠는 질문에 대답하는 것을 피하는 것이 아니라 소크라테스식 문답법을 활용해 가르침을 주는 시간처럼 보이게 이 질문을 한다.

👦 아이가 뭔가를 잘하면 모든 사람에게 다음 중 하나와 같은 말을 한다.

a. "애들이 누굴 닮았겠어요."

b. "얘가 아빠를 쏙 빼닮았어요."

c. "영락없는 아빠 판박이예요."

d. "저건 절 닮은 거예요."

e. "아빠를 아주 빼다 박았어요."

🧑 아이가 뭔가 잘못을 저지르면 모든 사람에게 다음 중
하나와 같은 말을 한다.

a. "분명 엄마 쪽 영향을 받은 거예요."

b. "다른건 몰라도 저건 날 닮은 게 아니에요."

🧑 아이가 착한 일을 하는 걸 목격하면 이렇게 말함으로
써 그것을 기린다.

a. "잘했어, 우리 아들."

b. "(마치 모르는 아이를 본 듯이) 누구세요? 우리 아이를 어
떻게 한 거예요?"

c. "오늘 아빠는 너가 정말 자랑스러웠어."

🧑 멋진 물건(레이싱 카 침대나 파워휠 자동차, 슈퍼마리오 잠옷 등)
을 가지고 있는 아이와 마주치면 "오, 그거 어른 사
이즈로도 나오니?"라고 물어본다. 또는 그 물건을 훔
치고 싶어 하는 척할 수 있다. 비록 아이를 화나게 할

위험이 있지만 많은 아빠들이 이 방법을 선택한다.

🙂 아이들이 스트레스를 주면 애들 때문에 흰머리가 난다고 말한다. 대머리 아빠의 경우에는 머리카락이 빠지는 것에 대해서도 아이들을 탓할 수 있다.

ᐧᐧᐧ 부상 ᐧᐧᐧ

🙂 아이들이 너무 거칠게 놀고 있으면 "누구 하나 다치기 전까진 다 재미있지."라고 알려준다. 아이들 중 하나가 실제로 다친 후에는 자신이 이 말을 했다는 사실을 반복해 말한다.

🙂 아이가 다칠 뻔했다면 상태가 괜찮은지 확실히 확인한 다음에 웃는다. 이때 모습이 진짜 우스꽝스러웠더라도 아이가 크게 다치지 않았다는 걸 확인하기 전까지는 웃을 수 없다. 만약 아이가 예민한 편이라면 나중에 이 이야기를 다시 말할 수 있을 때까지 웃지 않는다.

🙂 아빠가 아닌 사람들은 아이가 다치는 모습을 목격하면 "어!" 하고 놀라는 소리를 내거나 극적인 반응을 보이지만 아빠들은 더 많은 것을 알고 있다. 아빠는 아이가 보통 사람들이 반응을 보이지 않을 때 더 잘 털고 일어난다는 사실을 알고 침착하게 대처한다.

🙂 아이에게 대수롭지 않은 상처(예를 들어 약간 긁히거나 까진)가 생긴 것을 발견했다면 즉시 "절단해야 할 것 같습니다."와 같은 반응을 한다. 아이를 즐겁게 하고 웃게 하면 주의를 부상에서 다른 것으로 돌리는 효과가 있다. 하지만 드문 경우에 아이가 실제로 겁이 나서 비명을 지르는 원치 않는 결과로 이어진다. 그래도 이 정도는 아빠들이 기꺼이 도전해 볼 만한 일이다.

🙂 아이가 대수롭지 않은 부상이나 공격 때문에 너무 속상해하면 다음 중 하나와 같이 말해 아이를 위로하려고 노력한다.
a. "죽지는 않을 거 같아."
b. "툭툭 털고 일어나자."
c. "씩씩하게 이겨내자."

😊 아이가 특정 동작을 할 때 아프다고 말하면 "그럼 그 걸 하지 마."라는 매우 유용한 조언을 한다.

😊 다친 아이를 위로하면서 자기가 어렸을 때 똑같은 행 동을 했을 때는 결국 열한 바늘을 꿰매야 했었다고 이야기한다.

😊 아이가 심각한 부상을 입었다면 언젠가 이 일이 멋진 경험담이 될 것이고 어쩌면 멋진 흉터가 생길 거라 고 말한다. "어쨌든 여자들은 흉터를 좋아한단다."라 고 말이다.

😊 아이가 해달라고 하면 부상이 진짜인지 가짜인지 관 계없이 '아야'에 반창고를 붙여준다. 또 아이 자신이 나 가장 좋아하는 곰 인형에 반창고를 붙여준다.

😊 반창고를 붙이는 아빠는 의료 교육을 거의 또는 전혀 받지 않았음에도 자신을 '의사'라고 부를 수 있다.

😊 '아야'에 뽀뽀를 부탁받았다면 '아야'가 낫도록 뽀뽀 를 한다. 어떤 질문도 필요치 않다. 아빠의 뽀뽀는 유

일한 만병통치약으로 알려져 있다.

🙞──── **규칙과 규정** ────🙜

😀 아이가 규칙을 위반하면 그 중대성에 관계없이 "아빠는 화가 난 게 아니야. 그냥 너한테 좀 실망한 거야."라고 공식적으로 말한다.

😀 아이가 잘못된 행동을 하고 있다면 아빠는 "지금부터 셋까지 셀 거야." 방법을 쓴다.

a. 셋까지 세면 무슨 일이 일어날지 알고 있을 필요는 없다.

b. '둘'부터 점점 더 작은 증분만큼만 늘림으로써 셋에 도달하는 것을 방지할 수 있다(예를 들어 둘 반의반, 둘 반의 반의반…).

😀 아이가 아빠의 말에 귀를 잘 기울이지 않으면, 다시 말하기 전에 "딱 한 번만 더 말할 거야."라고 말한다.

😀 아이가 형제들과 싸우고 나서 남 탓을 하려고 하면

다음 중 하나와 같이 대답한다.

a. "누가 먼저 시작했는지는 중요하지 않아. 아빠는 지금 그걸 끝내려는 거야."

b. "손바닥도 마주쳐야 소리가 나는 거야."

c. "네가 형이니까 모범을 보여야지."

d. "오른쪽 뺨을 맞으면 왼쪽 뺨을 내밀라는 말이 있어."

말대답을 듣고 싶지 않을 때는 다음 중 하나와 같이 말한다.

a. "더 이상 왈가왈부하지 마."

b. "뜻대로 안 되는 게 인생이야. 불평불만 좀 그만해."
아마도 여전히 말대답을 듣겠지만, 적어도 노력은 했다.

아이가 지시에 저항하면 이렇게 말한다. "네 의사를 묻는 게 아니야. 그렇게 하라고 말하고 있는 거야."

가족 중 누가 (고의든, 고의가 아니든) 뭔가를 깨뜨리면 아빠는 이렇게 단언한다. "이러니까 굳이 좋은 물건들을 살 필요가 없다는 거야."

😊 집 안이 너무 시끄러울 때는 다음과 같이 말한다.
   a. "시끄러워서 생각을 할 수가 없잖니."
   b. "차라리 입에 먹을 거라도 넣어라."
   c. "진정하고 볼륨을 5단계만 줄여봐."
   d. "소리 지르지 마."라며 소리 지른다.

😊 가족 중 누가 제멋대로 행동하거나 밖에 나가면서 문을 열어 놓았다면 그 사람에게 아빠가 그렇게 가르친 적 있는지 묻는다. 아빠는 아이를 그렇게 키운 적이 없다.

😊 아이가 평소에는 허락되지 않는 뭔가를 하자고 하면 "엄마는 뭐래?"라고 말한다.

😊 아이가 무엇을 쏟아도 화를 내지 않고 침착하게 다음과 같이 행동한다.
   a. "이미 엎질러진 물이야."
   b. "저 키친타월 좀 가져와라."

😊 통금 시간을 정할 때는 "자정 지나서 일어날 일 중에 좋은 일은 없다."고 말한다.

🙂 아이가 뭔가를 왜 해야 하는지 물으면 "내가 해야 한다고 했으니까."라고 대답한다. 이것이 대화의 마지막 말이다. 말대답이나 조건을 다는 것은 엄격히 금지되어 있다.

·⊰⸻ 사회적 상호 작용 ⸻⸽·

🙂 아이가 집으로 친구를 데려오면 다음 행동 중 하나 이상을 한다.

a. (고의든, 고의가 아니든) 친구의 이름을 틀리게 부른다.

b. 아이에게 "봐, 우리 아빠 재밌다니까!"라고 말할 수 있도록 친구를 웃게 만든다.

c. 재미있는 아빠가 되어 친구를 아빠 편으로 끌어들이려 한다.

d. 친구에게 별명을 지어준다.

e. 친구가 자기 집처럼 편하게 있을 수 있도록 이제 우리 가족의 일원이나 다름없다고 한다.

🙂 친구와 함께 있는 아이를 보면 두 사람을 '설상가상'이라고 부른다. 이 용어는 쌍둥이를 묘사할 때도 사

용된다.

🙂 아빠가 엄마에게 키스하는 걸 보고 아이들이 앓는 소리를 내거나 징그러워하면 더욱 과장되게 키스한다. 종종 효과를 극대화하기 위해 엄마의 몸을 뒤로 젖히기도 한다. 아빠는 언젠가 아이들이 부모가 서로를 얼마나 사랑했는지를 기억할 거라는 걸 알고 있다. 그 언젠가가 되면 이런 일은 전혀 징그러워 보이지 않을 것이다. (그저 그때가 오늘은 아닐 뿐이다.)

🙂 기회가 있거나 혹은 기회가 없더라도 자발적으로 아이들 자랑을 한다. 그 자랑을 할 때 옆에 아이가 있어서 얼굴이 빨개지면 더욱 좋다.

🙂 아이가 "아빠, 창피하게 왜 그러세요!"라고 말하면 "그게 아빠의 역할이야."라고 대답한다.

DAD

—— 7장 ——

아빠와 기술

LAW

어떤 이유로든 최신 제품이 고장 나면 항상 "요즘 제품들은 예전 같지 않아."라며 비판한다.

신기술을 접할 때마다 매력과 불신을 동시에 느낀다. 신기술이 어떻게 작동하는지 알고 싶지만 기계가 우리의 일자리를 모두 빼앗아 갈 것이라고 말하는 것도 멈출 수 없다.

구식이라 더 이상 호환되지 않는 전기 코드를 포함해 모든 전자 기기의 전기 코드를 계속 보관한다. 혹시 모르니까.

아이들에게 장거리 여행을 할 때 전자 기기가 있다는 것이 얼마나 큰 행운인지 설명한다. 더불어 옛날엔 10시간 연속 지나가는 풍경만 쳐다보고 있어야 했다는 사실을 말해준다(아빠는 내심 이 전자 기기들이 있어서 매우 안도한다. 아빠 자신의 정신 건강과 여행의 편의를 위해서라도 반드시 필요하기 때문이다).

🧒 태어난 지 겨우 몇 년밖에 되지 않아 아이들이 미처 경험해 보지 못한 다양한 기술에 대해 꼭 가르친다.

a. 레코드/레코드 플레이어/비닐 레코드

b. 테이프/테이프 플레이어(비디오테이프 포함)

c. 아타리/퐁/고전 게임

d. 교실의 오버헤드 프로젝터

e. 워크맨의 미덕

f. 아빠가 결코 침착함을 유지할 수 없었던 대형 휴대용 라디오·시디·카세트 플레이어

g. 오래된 닌텐도 게임 카트리지와 그것이 작동하지 않을 때 어떻게 입김을 불곤 했는지.

인터넷

🧒 항상 와이파이 비밀번호를 종이 쪼가리에 적어 잡동사니 서랍에 보관한다.

🧒 알 자격이 있다고 생각되는 사람들에게만 와이파이 비밀번호를 알려주고 자격을 아직 얻지 못했다고 생각되는 사람들에게는 주지 않을 수도 있다.

😊 무선 통신에 문제가 생기면 항상 라우터를 재설정해야 한다. 그것을 할 줄 아는 사람이 아빠밖에 없기 때문이다.

😊 재미있는 인터넷 영상을 발견하면 주변 사람들에게 그것을 보라고 강요할지도 모른다. 다행스럽게도 이미 3년 전에 유행해 볼 사람은 이미 다 본 영상이라는 사실까지는 알지 못할 것이다.

😊 누군가에게 재미있는 인터넷 영상을 보여주면서 다음과 같이 행동한다.
a. 얼굴을 뚫어져라 쳐다본다.
b. "잠깐만, 여기가 재미있는 부분이야, 이제 나온다." 라고 말한다.
c. 마치 자기도 처음 보는 것처럼 크게 웃는다.
d. 재미있었냐고 묻고 반응이 신통치 않으면 실망한 기색이 역력할 것이다.

😊 틈만 나면 아이들에게 인터넷이 없었던 시절에 대해 말한다. 또 '전화선과 모뎀을 통한 인터넷 접속'이나 'MSN사의 인스턴트 메시지' 같이 사라진 기술을 언

급할 수도 있다.

🙂 모든 형태의 소셜미디어에 접근할 때 의심을 거두지 못한다. 또 새로운 플랫폼을 대체로 싫어한다. 새로운 플랫폼의 주된 용도를 가지고 우스갯소리를 할 수도 있다. 예를 들어, "틱톡에서는 왜 다들 춤을 추고 있는거야?"라고 묻는다.

하지만 다음과 같은 목적으로 페이스북이나 인스타그램을 즐길 수도 있다.

a. 아이들 사진을 공유하고, '좋아요'를 누른다.

b. 가장 최근의 집수리와 목공 작업 사진을 올린다.

c. 아빠식 농담을 만들고 공유한다.

🙂 페이스북에 프로필 사진을 등록할 때 이미 등록되었는지 모르고 동일한 사진을 열한 번 이상 업로드한다(매번 그럴 것이다).

이메일

👤 메일함을 꽉 차게 만드는 스팸 메일에 대해 불평하지 만 그중 어느 것에 대해서도 자신이 가입한 사실을 기억하지 못한다.

그런데 그들이 아빠의 이메일 주소를 어떻게 알았을 까?

👤 업무적으로든 사적으로든 자신이 보내는 모든 이메 일에 성을 붙인 전체 이름으로 서명한다.

a. 자동으로 입력되는 게 아니라 매번 아빠가 직접 타 이핑한다.

b. 심지어 아이들과 이메일을 주고받을 때도 성과 이 름을 쓴다.

c. 선호도에 따라 성과 이름 뒤에 괄호를 치고 '아빠'라 는 말을 추가할 수도 있다.

d. 공적인 이메일이라면 직책이나 소속을 추가한다.

👤 가능한 한 블루투스를 지원하는 장치를 산다. 블루투 스와 아빠는 땅콩버터와 잼처럼 잘 어울린다.

·⊶──·· 택배 서비스 ··──⊷·

🙂 택배 기사와 대체로 우호적인 관계다.

🙂 가능하면 우체국에 가는 것은 피하지만 어쩔 수 없이
가게 되면 사람이 많아 오래 기다려야 할 때 불만을
토로한다.

🙂 택배 상자를 잘 포장하는 데 일가견이 있다는 사실을
자랑스럽게 여긴다.

·⊶──·· 전화 ··──⊷·

🙂 아이들에게 다음과 같은 스마트폰이 없던 시절의 서
사시적 이야기를 늘어놓는다.
a. '유선 전화'의 시대
b. 아빠가 처음으로 사용했던 휴대폰의 크기와 모델
c. 폴더 폰의 미덕
d. 노키아 폰이 얼마나 튼튼했는지
e. 아이들의 주머니에 들어 있는 스마트폰과 같은 일

을 하기 위해 방 하나만 한 거대한 컴퓨터가 필요했
었다는 사실

🙂 휴대폰 배터리 용량이 50% 밑으로 떨어지기 전에 충
전한다.

🙂 전화를 받을 때 다음 중 하나와 같이 말한다.
   a. "예에~ 여보세요~."
   b. "(아빠의 이름)입니다."
   c. "전화 받았습니다. 누구십니까?"

🙂 음성 메시지를 남길 때는 이렇게 한다.
   a. "아빠다."로 시작한다.
   b. "전화해라."로 마무리한다.

🙂 문자 메시지를 가능한 한 짧고 간결하게 쓴다. 상대
방이 앞서 보낸 메시지의 길이나 긴급성과는 관계없
이 아빠의 짧은 "응." 답장은 항상 허용된다.

🙂 원하는 시간 안에 답장이 오지 않으면 그 사람이 문
자 메시지를 받았는지 확인하기 위해 전화한다.

🙂 아이들에게 운전하면서 문자 보내는 것이 얼마나 위험한지에 대해 끊임없이 상기시킨다.

🙂 문자 메시지를 읽을 때 팔을 가능한 쭉 뻗어 전화기를 최대한 멀리 떨어뜨리고 고개를 숙여야 한다.

🙂 단체채팅방에 들어가게 되면 다음 중 하나 이상의 행동을 한다.
   a. 모든 메시지에 대해 불평하며 이렇게 묻는다. "할 일들 없냐?"
   b. 의도는 좋지만 가끔은 어색한 메시지로 이따금씩 대화에 참여한다.
   c. 채팅창에 아재 개그를 무자비하게 퍼붓는다.
   d. 주변 지인에게 받은 좋은 내용의 글귀나 명언을 보낸다.

🙂 공공장소에서 스마트폰으로 영상을 볼 때 주위 사람들을 신경 쓰지 않고 음량을 최대로 한다. 아빠는 아빠가 아닌 사람들의 문명화된 사회에서 이러한 행동이 그야말로 절대 용납되지 않는다는 사실을 다행히 알지 못한다.

기술적인 문제

🧑 프린터기 때문에 좌절하고 있을 때는 욕하는 것이 허용된다. 좌절감이 조금 누그러지면 비꼬는 말투로 이렇게 말할 수도 있다. "이 프린터 정말 맘에 드네. 진짜 쓸모 있는 것 같아."

🧑 공공장소에서 기술적인 문제(예를 들어 식료품점에서 계산할 때 금전 등록기나 카드 판독기에 발생한 문제)를 목격하면 이렇게 말한다. "컴퓨터가 없던 시기를 우리가 살아남았다는 사실이 놀라워."

🧑 어떤 종류든 기술적 문제가 있는 사람을 도와줄 때는 다음 중 하나 이상의 질문을 한다.
a. "코드는 꽂혀 있어?"
b. "껐다 켜 봤어?"
c. "전선 흔들어 볼 수 있어?"
이 방법들에 반응하지 않는 기술적 문제는 일반적인 아빠의 식견과 능력을 넘어서는 것이다.

🧑 컴퓨터에 능숙하거나 어떤 기술이든 숙련된 아빠는

모든 직계가족과 친척, 이웃, 친구, 지인의 IT 상담사가 된다. 원하지 않는다고 해도 남은 삶 동안 수많은 아이패드를 설치하고 모든 기술적인 문제를 해결하게 될 것이다.

텔레비전

😊 TV 리모컨을 '누르는 거'라고 부른다.

😊 일주일에 한 번꼴로 누르는 거가 감쪽같이 사라져 아빠가 모든 사람에게 깔고 앉은 게 아닌지 묻는 상황이 일어난다. 하지만 이때 아빠에게 누군가 같은 질문을 하면 깔고 앉은 걸 어떻게 모르겠냐고 반문할 것이다.

🙂 TV를 많이 보는 아빠들은 광고가 징글징글하게 많다고 불평한다.

🙂 프로그램 방영 시간보다 광고 나오는 시간이 더 길다고 불평한다.

DAD

—— 8장 ——

아빠와 패션

LAW

🙂 주로 흰색 운동화를 신는다.

a. 뉴발란스, 나이키, 에어모나크 중 선택한다.

b. 정가가 아닌 할인가에 구매한다.

c. 신발이 더러워지거나 닳아서 해지면 대체용으로 혹은 예비용으로 똑같은 신발을 산다.

d. 깨끗한 운동화는 정장 구두로 간주한다.

e. 아빠에게는 집 앞 편의점을 가거나 쓰레기를 버리러 갈 때만 신는 슬리퍼가 있다. 이 슬리퍼는 집 앞에서 일정 거리 반경 밖에서는 신을 수 없다.

🙂 새 신발을 신어 볼 때 "시승해 볼게요."같은 말을 하고 파워워킹으로 상점 안을 걸어 다닌다.

🙂 마음에 드는 특정 유형의 무지 양말을 발견하면 이 양말을 대량으로 구입한다. 아빠에게 좋은 양말은 언제나 살 수 있는 것이 아니다. 기회가 생기면 놓치지 말아야 한다.

🙂 크록스를 신는다. 크록스가 예쁘지 않다는 사실을 인

정하면서도 편한 게 최고라고 강조한다. 편한 것은 아빠 패션의 최우선 사항이다.

·⚙·── 바지와 반바지 ──·⚙·

🙂 반바지를 입을 때는 항상 카고 바지(화물선 승무원이 작업 할 때 입던 바지로, 바지 양옆에 주머니가 달린 바지)를 선택한다. 언제 주머니에 넣을 물건이 생길지 아무도 모르기 때문이다.

🙂 카고 반바지는 계절과 상관없이 일 년 내내 입을 수 있다(사실 아빠가 즐겨 입는 반바지라면 종류를 불문하고 사계절 내 내 입을 수 있다). 아내가 반바지를 입을 만한 날씨가 아 니라고 말하면 아빠의 법칙에 따르면 절대 그렇지 않다는 걸 설명한다.

🙂 아빠는 지퍼를 열면 반바지만 남고 종아리 부분은 분 리되는 바지를 실제로 그렇게 입을 수 있는 유일한 사람이다. 기온이 15도 이상으로 올라가면 지퍼를 열어서 계절의 경과를 보여주는 데 이 바지를 이용

한다.

카고 반바지가 세탁 중이면 등산할 생각이 전혀 없더라도 등산용 반바지를 입는다. 갑자기 등산 일정이 잡혀도 만반의 준비가 되어 있으니 걱정 없다.

구멍 난 청바지를 입은 사람을 발견하면 제 가격을 전부 주고 구입한 건 아니길 바란다고 말한다.

·········· 허리띠 ··········

아빠는 허리띠가 두 개만 있으면 된다. 검은색과 갈색 한 개씩이다. 이 허리띠 두 개를 평생 쓴다.

허리띠를 하지 않은 청년을 만나면 바지가 흘러내리지 않도록 허리띠를 하라고 말한다. 청년의 나이는 중요하지 않다. 걸음마 하는 아기도 허리띠를 할 수 있다. "기저귀 보인다~. 아이, 창피해라."

가능하다면 그리고 편하다면 기꺼이 휴대폰을 허리

띠에 끼울 것이다.

✤─── 슈트 ───✤

- 🙂 슈트나 캐주얼 슈트를 입어야 하는 행사에 참석할 때 '깔끔한 청바지'를 입어도 되는지 물어본다. 아빠의 생각에는 특별한 경우가 아닌 이상 이것도 충분히 캐주얼 슈트다.

- 🙂 캐주얼 슈트를 입도록 복장이 정해지면 카키색 혹은 아이보리색 면바지에 셔츠를 바지 안으로 넣어 입는 다. 셔츠는 폴로셔츠나 앞에 단추가 일렬로 달린 셔츠일 때가 많다.

- 🙂 평소와 다르게 옷을 갖춰 입은 친구를 보면 이렇게 놀린다. "오늘 옷 멋있다. 법원 갈 일 있니?"

- 🙂 다른 아빠의 넥타이를 칭찬할 때 "때깔 좋네."라고 말한다.

차려입은 가족들을 보면 완전히 멀끔해졌다며 만족스러운 듯 말한다. 이 말은 사실 칭찬과 놀리기의 경계에 있다고 보는 게 맞다.

새 양복이 너무 비싸고 집에 있는 양복이 아직 몸에 맞는다는 이유로 양복 사는 걸 계속 미룬다. 오래된 양복을 물리적으로 입을 수 있는 한 양복이 정말로 잘 맞는지는 아빠에게 중요하지 않다.

자신이라면 입지 않았을 옷을 입은 누군가를 보면 내기에 졌는지 묻는다.

직장에서 받은 티셔츠를 최소 15년 동안은 주기적으로 입는다.

항상 주머니에 펜을 가지고 다니며 주위 사람들에게 펜을 소지하는 것이 얼마나 중요한지 강조한다. 누군가 펜이 필요하면 아빠가 가장 먼저 자랑스럽게 펜을 꺼낸다.

·ᴥ─··· 휴가 복장 ···─ᴥ·

👦 휴가 중에는 평상시 입는 옷이 아니더라도(제발 아니길 바란다) 다음 복장을 착용하는 것이 허용된다.

a. 이럴 때 입으려고 아껴뒀던 요란한 하와이안 셔츠

b. 허리에 매는 가방

c. 형용하기 어렵게 양말과 한 세트가 된 샌들

d. 휴가지 이름이 쓰여 있는 모자

e. (비록 모든 사람이 이제는 스마트폰을 사용할지라도) 거대한 카메라

f. (일반적으로 '조츠'라고 불리는) 데님 쇼츠

g. 카키색 반바지와 셔츠(누가 봐도 명백히 악어 사냥꾼이나 동물원 사육사 중 하나처럼 보인다)

h. 서퍼 복장, 예를 들어 비록 아빠는 느긋하게 지내본 적이 없을지라도 느긋하게 지내라는 의미의 손 모양이 그려진 티셔츠

·ᴥ─··· 외투와 액세서리 ···─ᴥ·

👦 아빠가 외투를 구입하게 만드는 최고의 영업 멘트는

'바람을 잘 막아줘요.'라는 말이다. 아무래도 바람을 맞고 싶은 사람은 아무도 없으니까 말이다. 그렇지 않은가?

🧑 머리가 점점 벗겨지고 있다는 사실이 언짢을 때는 가능하면 야구 모자를 쓴다. 그 사실을 별로 개의치 않는 경우에는 그냥 머리를 다 밀어 버리기로 결심할 수도 있다. 두 가지 모두 허용된다. 아빠의 헤어라인은 모두 아름답다.

🧑 자외선량의 정도에 따라 색이 변하는 선글라스를 쓰며 그것을 부끄럽게 여기지 않는다. 뒤에서 아빠를 비웃고 놀릴 수는 있지만(사실 모든 사람이 그런다), 그런 선글라스가 편하다는 건 엄연히 사실이고 아빠는 결코 편리함을 선택한 것을 후회하지 않는다.

🧑 안경에 위로 올릴 수 있는 플립업 선글라스를 끼우기로 한 아빠를 우습게 봐서는 안 된다. 아빠는 두려움을 모르는 남자다.

🧑 조종사 선글라스를 끼고 있거나 그것을 낀 누군가와

가까이 있다면 영화 〈탑건〉 이야기를 꺼낸다.

😊 좌절할 때 안경을 벗고 콧대 부분을 문지른다. 만약 아빠가 안경을 벗고 얼굴을 문지르고 있다면 가까이 가지 않는 것이 좋다. 지금 간신히 버티고 있다는 의미다.

😊 다른 아빠가 중절모를 쓰지 못하게 만류한다.

😊 앞으로 몇 년간 있을 추운 날씨에 대비해 등산용 겨울 패딩을 가지고 있다가 매해 겨울 그 옷만 입는다.

·◦——·· 몸단장 ··——◦·

😊 머리에 생긴 흰머리를 '소금'이나 '후추'라고 부르며 자신을 조지 클루니와 비교한다. 조지 클루니와 비슷한 게 흰머리밖에 없을지도 모르지만 아빠에게는 중요한 특성이다.

😊 자신의 체형이 어떻든 간에 '아빠들 체형'이라고 부

른다. 아빠들의 체형은 찬양해야 한다.

🙂 한 번쯤 콧수염이 매력적인 영화배우처럼 수염을 기르면 어떤 모습일지 생각해 본 적이 있다. 이런 상상을 해보지 않은 아빠는 없다. 어쨌든 모두가 멋져 보일 것이다.

🙂 어떨 때는 단지 할 수 있다는 것을 보여주기 위해 수염을 기른다.

🙂 수염을 깎을 때 일단 여러 가지 재미있는 모양으로 깎고 사진을 찍거나 가족에게 보여주면서 웃음을 준다. 예를 들어, 아주 작은 콧수염, 염소수염 등을 만든다.

🙂 세면대 위에서 면도하는 아빠는 세면대에 떨어진 수염 잔재들을 모두 깨끗이 청소하는 걸 잊지 않으려고 노력한다. 하지만 아빠는 완벽한 존재가 아니다. 다들 이미 알고 있지 않은가.

🙂 라벨에 옛날 배 그림이 그려져 있거나 '그리즐리 베

어 페이스펀치' 같은 우스꽝스러운 이름이 쓰여 있
는 체취제거제만 사용한다.

🙂 특별한 경우 향수를 뿌리지만 꽃 향보다 소나무 향
계열을 더 좋아한다. 왜 나무는 괜찮은데 꽃은 안 되
는지 분명하지 않다.

⟨•⟩ ──── 가족의 옷 ──── ⟨•⟩

🙂 아빠가 아이 옷을 입힐 때는 패션이나 옷 간의 조화
는 거의 고려하지 않는다. 사이즈가 대충 맞는 것 같
으면 입힌다. 아이를 돌보는 것이지 패션쇼를 하는
게 아니다.

🙂 옷의 색상을 가장 기본적인 수준(예를 들면 파란색)으로
만 지칭하고 다양한 색상(예를 들어, 청자색, 감청색, 청록색
등)을 구별할 수 있는 능력이 거의 없다.

🙂 아내가 옷장 공간을 많이 차지하는 것에 대해 불평하
면서 아내의 옷이 옷장 속 자기 영역을 침범하면 장

난으로 화낸다. 실제로는 그것에 개의치 않는다. 아
내를 못살게 굴 기회가 생기는 것이 좋을 뿐, 옷장 공
간에 크게 관심이 없다.

'손빨래만 가능'이나 '반드시 드라이클리닝 할 것'이
라고 명시한 라벨에 상관없이 옷을 세탁기에 넣는다.
저런 안내 지침들은 아빠에게 적용되지 않는다.

9장

아빠의 언어와 용어

🙂 말장난할 기회가 생기면 그 기회를 놓치지 않는다. 하루라도 말장난을 하지 않으면 입안에 가시가 돋친다.

🙂 사실 말장난하려는 의도였음에도 불구하고 말장난할 생각은 없었다고 말할 수도 있다. 하지만 분명히 말장난하려는 의도다. 그저 자신의 말장난이 얼마나 훌륭한지에 대해 듣는 사람의 관심을 끌고 싶을 뿐이다.

🙂 특정 농담이나 일화로 사람들을 웃기는 데 성공하면 향후 몇 년 동안 같은 농담을 반복한다. 반복할 때마다 웃음을 기대하면서 왜 가족들이 지금 눈알만 굴리고 있는지 당혹스러워한다.

🙂 자신의 농담이 유독 재미있으면 자기 농담에 자기가 웃는다. 아마 실제로 재미있는 농담이었을 것이다. 그저 친구들이 이 기가 막히게 재미있는 농담을 잘 캐치하지 못했을 뿐이다.

😊 농담 여러 개를 연달아 던졌는데 아무도 웃거나 호응하지 않으면 가장 가까운 물체를 잡고 마이크인 것처럼 톡톡 두드리며 "이거 켜져 있는 거 맞나요?"라고 묻는다. 가상의 마이크는 절박한 상황에서 사용될 수 있다.

😊 다른 아빠의 농담을 가로채 그 아빠가 마땅히 들었어야 했던 웃음을 훔친 아빠는 아빠의 법칙을 위반한 것으로 적발될 수 있다. 이것은 아빠의 범죄 중에서도 대역죄에 속한다.

😊 새로운 속어를 배우면 친구들 앞에서 아이를 난처하게 하려는 목적으로 이 용어를 의도적으로 오용 또는 남용한다.

⸭——· 이야기와 묘사 ·——⸭

😊 이야기할 때 "나는 내 일을 하고 있었는데…."나 "나는 내 갈 길을 가고 있었는데…."라는 말로 이야기를 시작한다. 아빠는 언제나처럼 그저 자신의 일에만

신경 쓰고 있었음을 알리는 것이 중요하다.

🧒 매년 자신에 관한 이야기를 3퍼센트씩 더 과장한다. 의식적으로 그러는지 무의식적으로 그러는지는 분명하지 않지만 어느 순간 과장된 이야기를 진심으로 믿는 것처럼 보인다.

🧒 손가락으로 만드는 총 모양 동작만으로 천 단어를 표현할 수 있다.

⸺ 말장난과 농담 ⸺

🧒 아빠는 "야."라는 말에 "호."라고 대답한다.

🧒 아이가 배고프다고 하면 "배고파? 베개 갖다줄게, 벨래?"라고 말한다.

🧒 아이가 "나 목말라."라고 말하면 "목요일이라 목마르구나. 난 금요일에 금반지 끼고, 토요일엔 토끼 사냥하고, 일요일엔 일기 쓸 거야."라고 대답한다.

😊 아이가 "질문 있어요."라고 말하면 "난 답 있어."라고 대답한다.

😊 누군가 "잘 가...지 마."라고 말한다면 아빠는 "잘 가...라고 말할 줄 알았지?"라고 말한다.

😊 누군가 "지금 몇 시 몇 분이에요?"라고 묻는다면 "지금 서울시 여러분."이라고 대답할 것이다.

😊 누군가 "어디 사세요?"라고 물으면 이렇게 대답할 것이다. "안 사요."

😊 아이가 어떤 행동을 할 수 있는지 물어보면 "나야 모르지. 할 수 있어?"라고 물을 것이다. 아이에게 '할 수 있는지'와 '해도 되는지' 사이의 문법적 차이에 대해 가르치기 위해서거나 단순히 얄밉게 굴려고 그러는 것이다.

😊 어떤 질문에 대해 분명한 답이 있으면 아빠는 이렇게 말한다. "세 번의 기회를 줄게. 맞춰봐." 그 사람이 실제로 답을 맞힐 확률은 거의 없다.

⊷──❦ 서두를 때 ❦──⊶

🧑 자신이 하고 있는 뭔가가 예상보다 시간이 오래 걸리는 경우에는 이렇게 말한다. "원래 큰일은 서두른다고 되는 게 아니야."

🧑 뭔가가 빨리 끝나길 원하면 다음 중 하나 이상의 말을 하거나 때로는 다음의 말들을 모두 한다.

a. "자자, 시간 얼마 안 남았다."

b. "빨리, 빨리."

c. "얼른 시작해라."

d. "빨리 움직여."

e. "서둘러."

f. "빨리 해치우자."

g. "똑딱, 똑딱(시계 소리를 흉내 내기)."

h. 옛날에 방영된 방송 프로그램 〈특명 아빠의 도전〉에서 아빠들이 도전할 때 나왔던 주제가를 흥얼거린다.

i. "그렇게 해서 언제 끝나니."

j. "열심히 좀 해봐."

k. "꾸물거리지 마라."

l. "후딱 해라."

m. "시간은 금이다."

😀 가족들이 해야 할 일을 시간 내에 완수하도록 만드는 것은 '거의 불가능한 일'이라고 생각한다.

😀 가족들이 더 참을성 있기를 바랄 때는 이렇게 말한다.

a. "왜 그렇게 성미가 급해."

b. "냉정을 찾아."

c. "진정해."

d. "가만히 좀 있어 봐."

e. "어떻게 그렇게 기다릴 줄을 모르니."

f. "사람이 참는 법도 좀 배워야지."

😀 뭔가가 마침내 끝났다는 사실에 안도했을 때는 다음 중 하나와 같이 말한다.

a. "드디어."

b. "진짜 오래 걸렸다."

c. "이런 날이 오긴 오는구나."

d. "딱 맞춰 끝났네."

·⊶··· 애칭 ···⊷·

🧑 언제든지 다른 남성에게 '형', '형님', '대장' 혹은 이름 뒤에 '선생'을 붙이는 등의 애칭을 지을 수 있지만 한번 공표한 애칭은 철회할 수 없다.

🧑 아빠는 아내를 다음 중 하나 이상으로 지칭한다.

a. 와이프

b. 우리 아내

c. 부인

d. 족쇄 (사실은 아내를 사랑하면서 애정을 담아 이렇게 부를 때만 허용된다. 실제 모욕하려는 의도로는 허용되지 않는다.)

·⊶··· 부정적인 말 ···⊷·

🧑 누군가가 싫거나 마음에 안 들어도 직설적으로 말하지 않고 "정말 대단하다, 대단해. 물건이군."과 같이 말하거나 "꼭 2%가 부족해."와 같은 표현으로 부정적인 감정을 은근히 드러낸다.

😊 화가 나거나 속상할 때는 자신의 상태에 대해 이렇게 설명한다.

    a. 다음과 같이 되려고 한다.

        i. 뚜껑이 열린다.

        ii. 분통이 터진다.

        iii. 폭발한다.

    b. 터지기 일보 직전이다.

    c. 몹시 화가 났다.

    d. 정말 열받았다.

    e. 참을 만큼 참았다.

    f. 인내심이 한계에 다다랐다.

    g. 미치고 팔짝 뛰겠다.

😊 극한의 상황에서 (또는 운전할 때, 38p, 〈다른 운전자 비판하기〉 참조) 욕할 수 있지만, 일반적으로는 욕을 다음과 같이 순화하려고 노력한다.

    a. 젠장.

    b. 나쁜.

    c. 이런.

    d. 제기랄.

😊 욕을 자제하려면 욕 저금통을 활용할 수 있다. 욕을 할 때마다 돈을 저금통에 넣고 돈이 모이면 아이스크림을 사기로 가족들과 약속하는 방법이다. 어느 날 밤, 갑자기 아이스크림이 너무 먹고 싶어지면 화끈하게 가족들이 아이스크림을 먹을 수 있게(그리고 아이들이 웃을 수 있게, 비교적 악의 없는) 욕설을 마구 내뱉을 수도 있다.

😊 "아니, 절대 안 돼, 절대로."라고 말하고 싶을 때는 그 말 대신에 다음 표현 중 하나를 사용한다.
a. "해가 서쪽에서 뜨면."
b. "내 눈에 흙이 들어가면."
c. "일단 지켜보자."
d. "생각해 볼게."

😊 뭔가를 형편없이 못해서 웃음을 유발하는 사람을 보면 "부디 직장은 그만두지 마세요."라고 말한다. 이 말은 그 대상이 직장이 없는 사람일 때 특히 재미있다.

😊 특별히 만족스러운 경우 "고마워." 대신 "내가 신세 한번 졌다."라고 말할지 모른다.

😊 감사 인사를 받으면 다음의 공식적인 표현 중 하나로 대답한다.
   a. "당연하지."
   b. "그 정도 가지고 뭘."

😊 자신이 좋아하는 누군가를 묘사할 때 다음의 표현 중 하나 이상을 사용한다.
   a. "머리가 정말 비상해."
   b. "내 사람/아들/남자/친구/딸이야."
   c. "보통내기가 아냐."

😊 누군가가 몹시 고생스럽거나 어리석은 일을 하는 것을 보면 이렇게 혼잣말을 한다. "오, 아직 젊네. 젊어."

😊 뭔가에 아주 자신이 있으면 "거기에 전 재산을 걸어

도 돼."라고 말한다. 물론 이 표현을 자주 쓰지는 않는다. 아무것에나 전 재산을 걸 수는 없기 때문이다.

😀 뭔가를 보여주는 것을 좋아하면 이렇게 말하며 대화를 시작한다.

a. "진짜 재밌어. 봐 봐!"

b. "잠깐 이것 좀 봐 봐."

c. "진짜 깜짝 놀라게 해 줄게."

d. "두구두구두구두구두구."

😀 가족의 사기가 떨어졌다고 느끼면 덕담과 격려를 통해 힘을 북돋우려고 한다. 아빠는 이것을 '사기 진작'이라고 지칭한다.

😀 놀라운 소식을 들었다면 다음 중 하나와 같이 대답한다.

a. "장난 아니고?"

b. "지금 나 놀리는 거지?"

c. "그게 가능해?"

d. "말도 안 되는 소리."

e. "에이, 그러면 내가 네 아빠다."

👧 엄마가 집에 언제 오는지 아이가 물으면 아빠는 "엄마가 집에 왔을 때."라고 간단히 대답한다. 틀린 말은 아니다.

⚜── 아빠의 관용어 ──⚜

👧 그냥 '여섯 개'라고 말하는 게 훨씬 더 간편하지만, 아빠는 항상 '반 다스'라고 말한다.

👧 아이가 심부름을 거의 다 했거나 채소를 거의 다 먹었거나 〈마리오 카트〉에서 아빠를 거의 이겼을 때 이렇게 말한다. "'거의'라는 말이 의미가 있는 건 신발 던지기 놀이를 할 때나 수류탄을 던질 때 목표에 거의 가까이 던졌을 때뿐이야."

👧 새로운 뭔가를 배우려고 할 때 농담으로 "이제 늙어서 머릿속에 아무것도 안 들어와."라고 말한다. 사실은 새로운 걸 배우고 싶지만 잘할 수 있을지 확신이 없는 것이다.

👦 "이거 별거 아냐."라고 말하며 병원에 안 가려고 할 가능성이 높다. 별거라는 게 분명해지면 참고 견딜 수 있다고 우긴다. 아빠를 병원에 데려가는 가장 좋은 방법은 철물점에 간다고 말하며 아빠를 차로 유인한 다음 병원으로 달리는 것이다. 아빠가 화를 낼 수도 있지만 아빠를 위한 일이고 어쩌면 진료가 끝난 후에 선물을 드릴 수도 있다.

👦 항상 의사를 '의사 선생'이라고 부른다. 무례하게 굴려는 의도가 아니고 사실은 애정을 담은 호칭이다.

👦 항상 수술 받는 것을 '몸에 칼을 대는 것'이라고 지칭한다. 이것은 수술을 아주 불쾌하게 표현하는 말이지만 아빠도 스스로를 어떻게 할 수 없다.

👦 몸이 안 좋을 때는 자신의 상태에 대해 이렇게 말한다.
   a. 두들겨 맞은 것처럼 아프다.
   b. 몸이 찌뿌둥하다.

c. 얼마 못 살 것 같다.

🙂 아픈 몸이 회복되고 있을 때는 자신의 상태에 대해 다음 중 하나와 같이 말한다.
a. 지금이 제일 건강하다.
b. 죽다 살아났다.
c. 여전히 끄떡없다.

🙂 어떤 종류든 부상을 입으면 "내가 이 정도면 상대 방은 어떻게 됐겠어?"라고 말한다. 상대방 같은 건 없다.

🙂 아빠는 울어도 된다. 우는 것은 전혀 수치스러운 일 이 아니다. 하지만 자신이 우는 것에 관심이 쏠리지 않길 바라기 때문에 사람들의 주의를 딴 데로 돌리 기 위해 다음 중 하나 이상의 말을 한다.
a. "누가 여기서 양파를 써나?"
b. "눈에 먼지가 들어갔네."
c. "내가 우는 게 아니라 네가 우는 거야." (이러한 문구들 을 인터넷에서 개와 오리의 우정에 관한 훈훈한 영상 아래에 댓글로 쓸 때도 있다.)

🙂 누군가가 정신이 나갔다고 생각하면 다음 중 하나와 같이 묻는다.

a. "정신 줄을 제대로 잡고 있는 거야?"

b. "정신 나갔어?(항상 정신을 똑바로 차리고 있어야 해)"

c. "제정신이 아니네."

d. "머리에 나사라도 풀린 거야?"

🙂 늙어가고 있다고 여겨지는 누군가에 대해 "더 이상 어리지 않다."라고 묘사할 것이다.

🙂 깜짝 놀란 아빠는 다음 중 하나와 같이 말할 것이다.

a. "간 떨어지는 줄 알았네."

b. "놀라서 오줌 지렸잖아."

c. "심장마비 일어날 뻔했잖아."

d. "어휴, 놀래라. 깜짝 놀랐잖아!"('놀래라'는 공식적인 의학 용어다.)

🙂 곤란한 말을 자주 하는 사람을 보면 '저 정도면 병이다.'라고 표현한다. 때때로 자신이 그 상태일 수도 있다.

DAD

—————— 10장 ——————

아빠의 조언

LAW

❖── 조언하기 ──❖

😊 아이들에게 조언할 수 있는 기회를 절대 놓치지 않는다. 그것은 아버지로서 해야 할 가장 중요한 일들 중에 하나다.

😊 조언할 때 종종 다음 중 하나와 같이 말하며 말문을 연다.
a. "나처럼 하지 말고 내 말처럼 해."
b. "아빠도 몇 번 비슷한 경험이 있었어."
c. 아빠가 베트남전에 참전하지 않았을지라도(특히 베트남전에 참전하지 않았을 때) "베트남에서 배운 방법을 알려줄게."

😊 조언할 때는 가능한 한 진부한 표현이나 기억하기 쉬운 구절을 사용한다. 이것은 조언이 아이들의 머릿속에 오래 남는 데 도움이 된다. 반복된 조언에 아이들이 짜증을 낼수록 어른이 돼서도 그 조언을 기억할 가능성이 크다. 어느 날 아이들은 자신이 한때 지겨워했던 그 모든 전형적인 아빠의 조언을 자녀들에게 들려주는 자신의 모습을 발견하게 될 수도 있다.

좋은 조언이나 대답이 떠오르지 않으면 이렇게 말한다. "그건 그때 가서 생각해 보자."

자신의 충고를 꼭 따라야 하는 것은 아니지만 일이 잘 풀리지 않았을 때 아빠한테 와서 울지 말라고 말할 것이다(물론 나중에 아빠한테 와서 울 수 있지만, 아빠는 이렇게 말할 것이다. "내가 그럴 거라고 했잖아.").

⟐──── 유용한 조언 ────⟐

어떤 물건이든 항상 "잘 보관해 둬. 언젠가 쓸모가 있을지도 모르니까."라고 충고한다. 그것들을 충분히 오래 보관해 두면 얼마나 많은 쓸모가 있는지 깜짝 놀랄 것이다.

특정 물건에 불만을 터트리는 경우 반드시 "실력 없는 사람이 연장 탓을 하는 거야."라고 알려 줘야 한다.

가족들에게 "고장 난 게 아니면 고치지 마라."라고

일깨울 것이다.

🙂 질문에 대답하는 데 지치면 "과도한 호기심은 몸에 해롭다."라고 말할 것이다.

🙂 '일석이조'가 될 수 있는 기회를 잡으라고 말한다. 돌멩이 하나로 새 한 마리만 잡는 것은 아마추어나 하는 행동이다.

🙂 지루해하는 아이에게 '지루한 사람들만 지루해진다'는 사실을 일깨워준다. 아이가 정말로 그렇게 지루하다면 아이가 할 수 있는 집안일 몇 가지를 찾아줄 수 있다.

🙂 아이가 은유를 이해하기엔 너무 어릴지라도 다음과 같이 은유가 풍부한 속담 몇 개를 섞어 말하는 것에 익숙해져야 한다.
a. "갓 사러 갔다가 망건 산다고 했어."
b. "벼룩 잡으려다 초가삼간 태우는 이야기 알아?"
아이가 멍한 눈으로 뒤를 돌아보면 아빠도 똑같이 뒤를 돌아볼 수 있다. 더 이상의 설명은 필요치 않다.

언젠가는 이해할 것이다.

🙂 미리 대비하는 것을 가르치기 위해 아이에게 이렇게 말한다. "뭔가를 가지고 있는데 필요 없는 것이, 필요한데 가지고 있지 않은 것보다 낫다." 이것은 비가 올 가능성이 크지 않더라도 우산을 챙기라는 설득력 있는 주장이다. 아이가 우산을 가져가지 않아 흠뻑 젖어오면 아빠는 그 일을 공개적으로 언급할 뿐만 아니라 그 일에 대해 영원히 이야기할 수 있다.

⸺ 전통적인 인생의 교훈 ⸺

🙂 삶이 공평하지 않다는 사실을 가족에게 일깨우는 것은 아빠의 책무다.

🙂 자녀에게 오래된 철학적 질문을 해야 한다. "친구가 절벽에서 뛰어내리면 너도 같이 뛰어내릴 거야?"

🙂 "뜻이 있는 곳에 길이 있다."라고 설교한다.

👶 "어떤 일을 할 가치가 있다면, 처음부터 제대로 할 가치가 있다."라고 상기시킨다.

👶 아이에게 포기하기 전에 최선을 다해 보라고 격려한다.

👶 불쾌한 일을 겪을 때마다 다음 중 하나 이상의 말을 할 것이다.

a. "그 일이 인격 수양에 도움이 될 거야."

b. "그 경험에서 배우는 게 있을 거야."

c. "그 일이 너를 더 강하게 만들 거야."

DAD

——— 11장 ———

아빠의 장난과 속임수

LAW

⋯⊱— 아이들 놀리기 —⊰⋯

🙂 기회가 있을 때마다 아이들을 놀리면서 기쁨을 얻는다. 장난을 쳐서 반응을 끌어내는 것은 애정과 사랑을 표현하는 방법의 하나다. 실제로 재미있기도 하다.

🙂 경찰차의 사이렌 소리를 들으면 가장 가까이에 있는 아이에게 "어떡해! 경찰이 너 잡으러 오는 거야!"라고 말한다.

🙂 하이 파이브를 할 때(특히 상대방이 의심하지 않으면) 하는 전통적인 장난 중 하나로, 아래쪽에서 손바닥을 마주치도록 제스처를 취하고 상대방이 손바닥을 마주치기 직전에 손을 빼며 "너무 늦었어."라고 외친다. 장난이 재미있게 받아들여지면 '얼굴이나 허공에' 하이 파이브 하는 발전된 버전을 시도한다.

🙂 기회가 될 때마다 아이의 코를 떼는 것처럼 속이는 '네 코를 가져왔어!' 속임수를 쓴다.

😊 아이가 수박씨를 삼키면 "큰일났다! 이제 네 뱃속에서 수박이 자랄 거야!"(이것은 필요한 경우 다른 종류의 씨앗으로 각색될 수 있다)라고 말한다.

😊 어린아이와 레슬링을 하거나 몸으로 놀 때 아이의 강력한 힘 때문에 다치거나 패배한 척한다. 아이들은 이럴 때 재미있어하며 기뻐한다. 아빠의 농담을 반신 반의하면서도 갑자기 대단한 사람이 된 것 같아 기분이 좋아진다.

😊 아이가 아주 잘 보이는 곳에 숨어 있을 때 당황한 척하며 이렇게 말한다. "(아이의 이름)가 도대체 어디에 숨은거지?" 아빠는 아이가 튀어나올 때까지 기다렸다가 깜짝 놀라는 척한다.

😊 고의로 아이 위에 (살짝) 앉은 다음 "앗, 미안해, 네가 거기 있는 줄 몰랐어!"라고도 할 수 있다. 아이가 웃고 있는지, 아빠의 커다란 아저씨 몸에 깔리지는 않았는지 확인하며 조심한다.

😊 아빠는 "넌 좋은 아이야. 그 사람들이 너에 대해 뭐

라고 하든 난 신경 쓰지 않아."라고 말하며 오히려
아이를 놀릴 수 있다.

🙂 아이가 코 후비는 것을 보면 다음과 같이 중요한 의
학적 질문을 할 것이다.
a. "금을 캐고 있는 거야?"
b. "자, 당첨 번호를 뽑았나요?"

🙂 아빠는 아이가 "신발 신는 것 좀 도와주세요."라고
말하면 어깨를 으쓱하며 말한다. "그래, 하지만 나한
테 안 맞을 것 같아."

🙂 아이가 신발 양쪽을 바꿔 신는 것을 보면 이렇게 놀
린다. "발이 반대로 달린 것처럼 보여!"

🙂 누군가를 놀리거나 장난친 후에 공개적으로 다음 중
하나와 같이 말해 악의가 없다는 사실을 분명히 밝
힌다.
a. "그냥 장난친 거야."
b. "그냥 놀린 거야."
c. "그냥 농담한 거야."

d. "그냥 재미있으라고 그런 거야."

⟡⟶ 전략적인 속임수 ⟵⟡

👶 아이에게 나갈 준비를 하라고 아무리 말해도 듣지 않으면 나가는 연기를 한다. "좋아, 그럼 우리끼리 가야겠네!" 아이가 그 말을 그저 말뿐일 거라고 생각하면 아빠는 천천히 문 쪽으로 움직이기 시작한다.

👶 누군가에게 엄지손가락을 누르라고 말할 기회를 호시탐탐 노린다. 엄지손가락을 누르면 무슨 일이 일어나는지 모두 잘 알 것이다(맞다, 방귀를 뀐다).

👶 방귀를 뀐 후에는 다음의 행동 중 하나를 한다.
a. 아이가 뀐 것처럼 행동해서 아이를 화나게 한다.
b. 아니라고 말할 수 없는 개에게 덮어씌운다.
c. "누가 뭐 밟았니?"라고 묻는다.

👶 아이의 치아가 흔들리면 펜치로 뽑거나 문손잡이와 실로 연결한 다음 문을 쾅 닫아서 빼 주겠다는 농담

을 한다. 어떤 경우 여기에 대한 두려움으로 아이들이 치아를 계속 만지다가 스스로 뽑는 일도 생긴다.

👦 아이에게 바보 같은 표정을 계속 지으면 나중에는 얼굴이 영원히 그렇게 굳어진다고 말한다. 이것이 협박인지 꾸중인지는 알 수 없다.

👦 아이가 듣기 불쾌한 소리가 나는 장난감을 가지고 있으면, 몰래 건전지를 빼고 아이에겐 장난감이 고장난 것 같다고 말한다.

·※——·· 눈알 굴리기를 유발하는 바보짓 ··——※·

👦 아빠는 자기 사진을 보면 이렇게 묻는다. "이 잘생긴 사람은 누구야?"

👦 위장복을 입은 사람과 마주치면 그 사람이 보이지 않는다고 말한다. 위장복을 입으면 아빠에겐 전혀 보이지 않는다.

😊 누군가 도움이 필요해 손이 부족하다고 하면 실제 자기 손을 내민다. 도움도 안 되고 재미도 없지만 적어도 아빠에겐 재미있는 일이다. 그 사실이 가장 중요하다.

😊 주기적으로 어린아이에게 자동차 키를 던지며 "네가 운전해!"라고 말한다. 아이가 예상했던 대로 반발하며 "나 일곱 살밖에 안 됐어!"라고 하면 아빠는 그 사실을 깜박 잊었던 척한다.

😊 누군가가 깜박 놓고 간 것을 가지러 다시 돌아오면 이렇게 놀린다.
a. "벌써 갔다 왔어?"
b. "오, 빨리 왔네."
c. "잘 갔다 왔어?"

😊 누군가가 동물원에서 동물과 함께 찍은 사진을 보여주면 이렇게 묻는다. "누가 너야?"

😊 소파 뒤에서 계단을 내려가는 것처럼 보이는 동작을 완벽하게 해내려고 최선을 다한다. 이것은 예술의

일종으로 꾸준한 연습과 타고난 운동 신경이 모두
필요하다.

😊 젊었을 때 모든 여성이 자신을 쫓아다닌 것처럼 말한
다. 하지만 바보 같아 보이는 졸업앨범 속 사진과 옛
비디오 게임 수집품들은 완전히 다른 이야기를 한다.

😊 최근 몸무게가 늘어난 이유가 아내의 임신에 동조되
는 '공감 체중'때문이라고 농담한다. 모든 사람이 공
감 체중 같은 건 없다는 사실을 알고 있더라도 개의
치 않는다.

😊 누군가 아빠에게 "더 필요한 거 있으세요?"라고 물
으면 이렇게 대답한다. "네, 백억이요."

😊 아이의 예전 아기 사진을 보면서 사진 속 아기에게
이렇게 말한다. "너 정말 귀여웠었구나. 도대체 그동
안 무슨 일이 있었던 거야?" 정말 짓궂다!

😊 누가 봐도 명백히 다른 사람을 위해 준비한 것(예를 들
면 생일 케이크나 선물)을 보고 자기를 위한 것으로 착각

하는 척하며 이렇게 말한다. "나 주는 거야? 이런 거 안 줘도 되는데!"

👧 전기 기구가 주변에 있으면 먼저 장난을 받아줄 적당한 사람이 있는지 확인하고 관객의 존재가 확인되면 전기 기구에 감전된 척한다.

👧 물에 적신 손가락으로 초의 심지를 잡아서 촛불을 끄는 방법을 보여주며 강해 보이려고 노력한다. 아무도 이런 행동을 감명 깊게 보지 않으며 잘못하면 약간 다칠 가능성도 있지만 아빠에겐 반드시 해야 하는 일이다.

👧 누군가 몇 시인지 물으면 시간을 알려주는 대신 다음 중 하나와 같이 대답한다.

a. "네가 시계를 살 시간이야."

b. "음(시계를 차지 않은 손목을 바라보며), 반점 밑에 털이 두 개 있어."

c. "왜? 중요한 데이트라도 있어?"

👧 누군가에 대해 이야기하고 있을 때 그 사람이 방에

들어오면 "호랑이도 제 말 하면 온다더니."라고 말한다. 사실 그 사람에 대해 이야기하고 있지 않았더라도 그 사람을 짜증나게 하려고 그렇게 말할 수도 있다.

DAD

12장

야외에서의 아빠

LAW

대자연을 전혀 즐기지 않는 아빠는 찾기 어렵다. 대자연이야말로 아빠들의 타고난 서식지이기 때문이다. 아빠가 선호하는 야외 활동은 격렬한 등산부터 뒷마당 해먹에서 낮잠 자기까지 종류도 다양하다.

아빠는 끊임없이 가족들에게 밖에 나가서 신선한 공기를 마시라고 한다. 집 안의 공기는 신선하지 않다. 집 안에서 엄지손가락을 너무 많이 눌렀다.

또한 약간의 흙은 절대로 해롭지 않다고 말한다. 사실 어느 정도는 더러워지는 것도 좋다! 우리 몸에 면역 체계를 구축하는 데 도움이 되기 때문이다(집까지 따라 들어온 흙에는 이 법칙이 적용되지 않는다. 그건 타도의 대상이다).

·✦·─··· 날씨 ···─·✦·

기온이 28도 이상으로 올라가면 지나가는 사람에게 다음과 같은 말을 한다.

a. "너무 뜨겁죠?"

b. "정말 푹푹 찌네요."

c. "사우나보다 뜨겁네요."

d. "온도가 문제가 아니라 습기가 문제예요."

e. "오늘은 그래도 건조해서 다행이에요."

여름에 적어도 한 번은 물싸움을 시작하거나 가담한다. 그런 경우 다음과 같은 상황을 포함한다.

a. 정원용 호스로 아이들에게 물 뿌리기

b. 물풍선 던지기

c. 물총 쏘기

처음엔 장난스럽게 시작해도 나중에는 깜짝 놀랄 정도로 격렬해진다.

아내가 물싸움 중에 젖지 않으려고 애쓰거나 "하기만 해."같은 말을 하면 아빠는 아내를 홀딱 젖게 만든다. 물싸움에 자비란 없다.

태풍이 온다는 일기예보를 들으면 다음 중 한 가지 이상을 반드시 한다.

a. 예보의 타당성을 의심하며 그것을 보도한 언론사가 어디든 불신의 목소리를 낸다.

b. 가족들에게 최신 정보를 제공하기 위해 휴대폰으로 기상레이더를 계속 확인한다.

c. 바람의 방향을 알아내기 위해 손가락 끝에 침을 묻힌 다음 공중에 들고 있는 것 같은 행동을 하지만 무의미한 행동이다.

d. 구름을 관찰한다. 뭔가를 발견하면 이렇게 말할 것이다.

> ***i.*** "구름의 모습이 심상치 않아."
>
> ***ii.*** "태풍이 불어 닥칠 거야."
>
> ***iii.*** "비가(눈이) 올 것 같아."

실제로 태풍이 오면 창밖을 내다보며 다음 중 하나 이상의 말을 한다.

a. "지금은 이런 비가 필요했어."

b. "예사롭지 않아."

c. "무릎이 시려서 이럴 줄 알았어."(아빠의 오래된 무릎 시림 증상이 기상 상태를 가장 정확하게 예측한다.)

d. "밖에 있었으면 큰일 날 뻔했다."

e. "비가 억수같이 내리네."

태풍이 상당한 규모라고 판단되면 과거에 겪었던 다

른 초대형 태풍과 비교한다(예를 들어, "그래도 2002년도 태풍 때만큼 심각하진 않아. 그때만큼 심각한 건 아직 한 번도 못 봤어.").

🧒 어린 시절에 학교까지 눈 내린 비탈길을 걸어서 오르내려야 했던 이야기를 들려준다. 모든 아빠들은 어린 시절 뭐 하나 쉬운 일이 없었다. 그렇지 않은 게 얼마나 감사한 일인지 모르는 지금의 아이들과는 달랐다.

🧒 가족들에게 외출 전에 외투를 입고 지퍼를 끝까지 올리라고 말한다. 차에서 내려 학교까지 걸어 들어가는 게 전부라고 해도 외투를 입지 않으면 감기에 걸릴 것이다.

🧒 눈 속에서 아이들과 놀 때는 다음의 활동 중 한 가지 이상을 한다.
a. 제대로 눈사람을 만드는 기술을 가르친다.
b. 어떻게 혀 위에 눈송이를 올리는지 보여준다.
c. 뜻하지는 않았지만 약간 거칠어지는 눈싸움을 한다.
d. 최고의 전략은 눈을 삽으로 치우는 일이 진짜 재미

있는 일인 척해 아이들이 자발적으로 하게 만드는
것이다.

e. 아저씨 몸을 가진 천사일지라도 눈 위에 누워 양팔
을 벌려 천사를 보여준다.

f. 눈으로 동굴이나 요새를 지어 보려다가 무너지면 포
기한다.

❀────── **캠핑** ──────❀

🙂 캠핑 여행 중에 아빠는

a. 전문가처럼 모닥불 피우는 방법을 보여준다.

b. 캠핑용 간식 만드는 것을 감독한다.

c. 텐트 폴대와 씨름하다가 조용히 욕을 중얼거린다.

d. 얼굴 아래에서 손전등을 비추며 무서운 이야기를
한다.

e. 마치 현존하는 나무의 모든 종을 안다는 듯이 나무
의 세 가지 종을 구분한다.

f. 갑자기 산에 사는 사람이나 베어 그릴스같은 생존
전문가처럼 행동한다.

g. 모두가 아빠가 오래 버티지 못할 거라는 걸 알고 있

더라도 야생에서 자신이 얼마나 오래 살아남을 수 있을지 궁금해 한다.

🙂 밤에 밖에 있을 때는 북두칠성과 북극성 같이 잘 알려진 별자리를 찾아낸다. 아빠도 식별할 수 있는 유일한 별자리다. 그래도 인상적이지 않은가?

🙂 낚시를 즐기는 아빠는
a. 사람들에게 차라리 낚시를 하고 싶다고 끊임없이 말한다.
b. 자신이 잡은 가장 큰 물고기에 대한 이야기가 과장된 도시 전설로 비화될 때까지 수년간 같은 이야기를 반복한다.

🙂 아름다운 곳에서 멋있는 경치를 보면 이렇게 말할 것이다. "나쁘지 않네, 그지?"

🙂 문제 해결을 위해 주머니칼을 꺼낼 기회를 놓치지 않는다. 아빠가 주머니칼을 살 때는 갸우뚱했더라도 이제부터 얼마나 유용하게 쓰이는지 똑똑히 보라.

🙂 등산할 때 뱀에 대해 아는 모든 것을 주위 사람들에게 알려준다. 하지만 보통은 이 두 가지 사실이 알고 있는 것의 전부다.

a. "저건 그냥 독이 없는 뱀이야."

b. 독사에 관해 잘 알려진 사실인 '독사는 삼각형 모양의 머리를 가지고 있다.'라는 말을 알고 있다. 하지만 실제로 구분할 수 있을 만큼 자세히는 모른다. 어느 쪽이든 가장 좋은 건 뱀을 피하는 것이다.

🙂 견과류 간식을 좋아한다고 주장하지만 사실 거기에 섞여 있는 초콜릿 먹는 것을 좋아할 뿐이다. 아빠는 그래도 견과류니 건강식품으로 간주한다.

🙂 항상 방충제를 가지고 다니다가 만나는 사람들에게 뿌려 준다. 우리는 벌레를 쫓아야 할 때 방충제 없는 상황을 맞닥뜨리고 싶지 않다.

🙂 모기를 맞닥뜨리면 다음 중 하나 이상의 말을 한다.

a. "산 채로 물어 뜯기는구나."

b. "모기들은 어떤 이유에선지 나를 정말 좋아해."

DAD

— 13장 —

아빠와 집수리

LAW

⚜ 집수리 ⚜

🙂 아빠가 욕하지 않기로 다짐하고 노력하고 있다고 해
도 집수리 프로젝트(또는 운전, 38p, 〈다른 운전자 비판하기〉참
조)에는 적용되지 않는다.

🙂 벽에 뭔가를 걸기 전에는 걸 위치에 맞춰서 물건을
들어보고 수평이 맞는지 가족에게 확인한다. 수평을
맞추지 않는 것은 명백하게 무책임한 행동이다.

🙂 벽 속에 숨어있는 못을 찾아주는 스터드 파인더를 사
용하기 전에는 반드시 그것을 자신에게 겨누며 "하
나 찾았다."라고 말한다. 누군가 그 농담을 알아줄
때까지 계속 반복한다.

🙂 작은 치수를 '요만큼'이라고 표현한다.

🙂 다음의 모든 장비를 잘 비축해 둔다.
  a. 각종 배터리
  b. 전기 연장 코드
  c. 강력 접착테이프

d. WD-40(방청윤활제)

e. 손전등

f. 백열전구

😊 집수리 프로젝트가 끝나면 다음 행동 중 하나 이상을 한다.

a. 팔짱을 끼고 감상하며 "나쁘지 않다."라고 말한다.

b. 수리 용품점에 세 번밖에 안 갔다고 자랑한다.

c. 전문가를 부를 필요가 없었다고 또는 긴박한 상황에서 세 명 미만의 전문가를 불렀다고 자랑한다.

d. 페이스북에 이것에 대한 게시물을 올린다.

😊 보일러 필터가 어디에 있고 어떤 일을 하는지 모르더라도 보일러 필터를 6개월마다 교체하라고 주위 사람들에게 강조한다.

😊 강력한 손전등을 가지고 있다면 이유는 알 수 없지만 손전등의 광량이 정확히 얼마인지 모두에게 알려준다.

😊 싱크대 아래를 고칠 때는 아이에게 손전등을 들고

있으라고 하면서 흔들리지 않게 꽉 잡고 있으라고
한다.

🙂 어떤 유형의 문제든 그것에 대해 들으면 "그걸 해결
할 수 있는 사람을 안다."고 말하며 그 사람의 전화
번호를 받아 적게 한다. 그 사람 정말 대단한 사람이
라고.

⚜ ─── 가구 ─── ⚜

🙂 무거운 물건을 들어 올릴 때는
a. 허리가 아니라 무릎 힘으로 들어야 한다고 말한다.
b. 물건이 "무거운 게 아니라 단지 다루기가 힘든 거
야."라고 말한다. 물건이 명백하게 무거울 때도 그
렇게 말한다.

🙂 가족이 그냥 어떻게 보이는지 보려고 가구를 이리저
리 옮기고 싶어 하면 불평하지 않으려고 노력한다.
하지만 같은 가구를 세 번 이상 옮기지 않는다. 그건
말도 안 되는 일이다.

🙂 정신 상태가 건강하고, 기분이 좋고, 결혼 생활이 원만할 때만 이케아 가구 조립을 맡는다. 일단 조립을 시작하면 위에 언급된 모든 것들이 위험에 빠진다. 그때는 아빠를 칭찬하거나 잃어버린 볼트를 찾은 것이 아니면 아빠 근처에 가까이 가지 않는 게 좋다.

🙂 이케아 가구를 모두 조립한 후, 볼트가 남았는데 어디에 사용되어야 하는지 확신이 없으면 그걸 숨기고 다시는 거기에 대해 언급하지 않는다. 알 필요가 없기 때문이다.

◦────◦ 공구 ◦────◦

🙂 전기 드릴을 사용할 때 적어도 두 번은 회전 속도를 높인다. 잘 작동하는지 확인하기 위해서기도 하지만, 단순히 그때의 소리가 정말 멋있게 들리기 때문에 그렇게 하는 경우가 대부분이다. 또 드릴을 총처럼 잡고 배터리를 총알처럼 끼우면서 자신이 가장 좋아하는 예전 액션 스타의 대사 한 구절을 읊을 수도 있다.

🧑 아빠는 '두 번 재고, 한 번에 자를' 것이다. 세 번 재는 것은 허용되지만 한 번만 재는 것은 허용되지 않는다.

🧑 강력 접착테이프만 있으면 뭐든 고칠 수 있다. 움직이는 물건만 아니라면 모두 상관없다. 움직이는 물건에는 WD-40이 효과적이다.

🧑 몇 가지 기본적인 것들을 고칠 줄 알면 내가 고칠 수 없는 건 고장 나지 않은 것 뿐이라고 말한다.

🧑 바로 조금 전까지 좋아했던 물건이라도 일단 고장이 나면 '고물'이라고 부른다.

🧑 새로운 전동 공구가 생기면 그것을 '새로운 장난감'이라고 부른다.

🧑 고압 세척기를 사용하고 있는 아빠는 어떤 일이 있어도 방해하면 안 된다. 그는 지금 행복한 시간을 보내고 있다.

 공구를 최대한 정돈해서 보관한다. 모든 물건에는 제자리가 있고, 그 자리에 물건을 두어야 한다고 말한다.

 공구를 빌려 간 다음 제자리에 갖다 놓지 않는 사람들에게 좋은 반응을 보이지 않는다. 아빠는 그런 행동을 정말 좋아하지 않는다.

 항상 신경 쓰고 있어도 공구 세트에서 작은 도구가 하나씩 사라진다. 아이들의 소행일 가능성이 높다.

 아무리 정리를 잘해도 어지러운 잡동사니 서랍이 하나 정도는 있다. 그 서랍을 열 때마다 이 집에서는 어

떤 물건도 찾을 수 없다고 불평하겠지만 사실 그 서랍 어딘가에 모든 게 들어있을 수도 있다.

14장

놀 때의 아빠

·⊰——··· 휴식 모드 ···——⊱·

🧑 휴식 모드에 돌입하면 절차에 따라 '시원한 거 하나'
   를 딴다.

🧑 아빠가 휴식을 취하는 대표적인 장소는 다음과 같다.
   a. 침대
   b. 소파
   c. 리클라이너(거실의 '아빠 자리', 170p, 〈지정석〉 참조)

·⊰——··· 물속에서 ···——⊱·

🧑 수영장이나 다른 물 안에 들어가 있을 때 지나가는
   사람들에게 이렇게 말한다. "들어오세요, 물 좋아
   요."

🧑 수영장에서 아이들을 공중으로 띄우고 장난스럽게
   던진다. 처음엔 자녀들에게만 하지만 줄을 서기 시
   작하는 주변 아이들에게도 기꺼이 해야 한다.

😊 아이들과 바다에서 수영할 때는 아이들을 놀라게 하려고 상어를 본 척할 수도 있다.

·⊱⋯ 취미 ⋯⊰·

😊 아빠는 자신이 좋아하는 모든 것을 아이들과 공유하고 싶어 하고 아이들이 좋아하면 몹시 기뻐한다. 그런 것에는 다음과 같은 것들이 포함된다.

a. 어린 시절부터 좋아한 영화와 책

b. 고전 비디오 게임

c. 특정 스포츠 또는 스포츠팀

d. 야외 활동

e. 좋아하는 밴드와 음악

f. 좋아하는 장소(예를 들어, 테마파크, 국립공원 등)

g. 좋아하는 장난감(예를 들어, 레고, 스타워즈 장난감, 모형 비행기 등)

😊 아이가 울더라도 비디오 게임에서 져 주지 않는다. 게임은 인생과 같다. 초보라고 봐주지 않는다. 게임을 통해 인생을 빨리 배울 수 있다.

십 대 자녀가 질색하는 게 재미있어서 인기 있는 게임의 이름으로 말장난을 한다. 또 아이와 유대감을 형성하기 위해 새로운 게임을 같이하려고 노력한다. 결국 그 게임을 정말 좋아하게 될 수도 있다.

요즘 유행하는 게임들을 즐기고 있더라도 닌텐도 64(당신이 이게 뭔지 모르는 건 이상한 일이 아니다)에서 골든아이가 얼마나 명작인지, 그리고 그것이 어떻게 현대의 비디오 게임으로 이어질 수 있었는지 설명하고 싶어 한다.

학교에서 하는 각종 만들기 대회에 매우 진지하며 때로는 아이보다 더 연연한다. 이 태도는 과학 대회에서도 똑같이 나타나는데 올해 그 대회에서 최우수상을 받고 싶기 때문이다.

취미 활동을 한 후에 활동량이 얼마든 그날 치 유산소 운동을 다 했다고 농담한다.

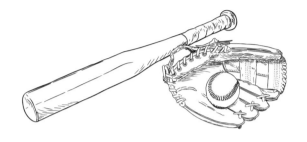

스포츠를 좋아하는 아빠들이 많지만 꼭 그래야 하는 것은 아니다. 스포츠를 좋아하지 않는 아빠는 모든 스포츠를 별거 아니라는 듯이 '구기 종목'으로 두루 뭉술하게 말한다(스포츠에 관심 없는 아빠는 다음에 나오는 법칙들과 무관하며 다음으로 건너뛰어도 된다).

골프에 관심을 보인다. 골프를 치고 있지 않을 때는 골프를 보고 있다. 보고 있지 않다면 골프 방송을 틀어 놓은 채 소파에서 자고 있다. 이 중 어디에도 해당되지 않으면 적어도 미니 골프에서 가족들을 소탕하고 있을 것이다.

열렬히 좋아하는 팀과 열렬히 싫어하는 팀이 있고 그 열렬한 마음은 사라지지 않는다.

🧑 응원하는 팀이 이기고 있을 땐 그 팀의 일원인 것처럼 말하고(예를 들어, "우리가 플레이오프에 진출했어!") 지고 있을 땐 거리를 둔다(예를 들어, "넌 얘네들을 믿어?").

🧑 자신의 전성기였던 고등학교나 대학교에서 운동을 했던 이야기를 주기적으로 한다. 비록 가족들이 그 이야기를 듣는 데 싫증이 난 지 오래라고 해도 아빠는 결코 싫증내지 않을 것이다.

🧑 포켓볼(당구)을 치는 아빠는 등 뒤로 치기 동작을 시도한다. 성공하면 정말 멋있어 보인다.

🧑 아빠는 스포츠 경기에 참여하는 동안 다음과 같은 말을 한다.
  a. 자기가 잘못 던진 후: "네가 그걸 잡아야지."
  b. 작은 성공 또는 적당한 성공 후
    i. "노병은 아직 죽지 않았다."
    ii. "이제 아빠에 대해 생각이 바뀌었지?"
    iii. "봤지?"
    iv. "오늘 경기에서 뭘 배울 수 있는지 잘 생각해 봐."

🧒 아이에게 운동을 가르칠 때는 어떤 운동이든 "공에서 눈을 떼지 마."라고 한다. 이 말은 아빠가 해 주는 조언 중 유일하게 유익한 조언이고 이 조언 하나면 운동과 관련된 어떤 문제도 해결할 수 있다. 아마도.

🧒 아이가 뭔가를 던지면 "잘 던졌어!"라고 말한다. 잘 던지지 못했더라도 그렇게 한다.

🧒 항상 "중요한 건 이기거나 지는 게 아니라 어떻게 경기하느냐."라고 말한다.

🧒 방금 만난 남자와 잡담할 때 서먹함을 풀기 위한 용도로 판타지 풋볼 게임(자신이 원하는 대로 실제 축구 선수들로 가상의 팀을 만들고 성적에 따라 경쟁하는 게임)에 대해 이야기한다. 판타지 풋볼에 대해 이야기하기 싫은 사람이 있을까? 아빠의 친구가 얼마나 바보같이 일찍 키커를 발탁했는지 관심 없는 사람이 있을까? 사실 그런 사람이 많다. 하지만 아빠가 새로운 친구를 만드는 것은 충분히 시도해 볼 만한 가치가 있는 일이다.

🧒 얻어먹은 맥주가 2~4잔 범위일 때는 그들에 대해 골

프(볼링/당구/다트) 말고는 잘하는 게 없다고 말한다.
아빠에게 맥주를 몇 잔 더 사 줘야 할 것이다.

15장

아빠의 오락

지정석

거실에 '아빠 자리'라고 지정된 자리(리클라이너처럼 뒤로 젖혀지는 의자가 선호된다)가 있다. 만약 아이가 아빠 자리에 앉아있으면 아빠의 법칙에 따라 자리를 아빠에게 넘겨야 한다. 양보하지 않으면? 빼앗긴다.

선 자세에서 앉은 자세로(또는 그 반대로) 바꿀 때 일련의 앓는 소리를 낸다. 이 앓는 소리는 앉거나 일어설 때 반드시 수반되는 것이다.

거실에 편안하게 앉아 있는데 마실 것이 필요하면 누군가가 지나가기를 기다렸다가 마실 것을 가져다 달라고 부탁한다. 이 부탁을 '일어난 김에'라는 말로 시작한다. 일어나 있는 사람이 없는 경우, 누군가를 일어나게 할 구실을 만들 수도 있다(예를 들어, "아들, 개 좀 밖으로 내보내라."). 그리고 이 기회를 놓치지 않고 '일어난 김에' 단계에 들어간다. 이 방법은 절대 실패하지 않는다.

아빠가 소파에 누워있거나 자리에 앉아 있지 않다면,

서서 팔짱을 낀 채 TV를 보고 있을 것이다. 이 현상은 일반적으로 TV에 중계되고 있는 스포츠 경기가 긴박한 상황일 때 일어난다. 선 자세는 시야를 개선하고, 적절한 타이밍에 "저걸 잡아야 해!"라고 소리칠 수 있게 한다.

···⟨⟩··· 영화 ···⟨⟩···

- 큰 계단을 오를 때 영화 〈록키〉의 주제가를 흥얼거린다. 그렇게 하지 않는 것은 명백한 아빠의 법칙을 위반하는 것이며 계단을 완전히 낭비하는 일이다.

- 영화관을 '극장'이라고 부른다. 예를 들어, "아, 그 영화 옛날에 극장에서 봤지."와 같은 말을 한다.

- 좋아하는 영화나 TV 프로그램의 대사를 관련성이 적거나 재미가 없는 상황에서도 자주 인용한다. 아빠도 어쩔 수 없다. 그런 건 이제 아빠 뇌의 일부이다. 그 대사가 아이가 태어나기 전에 나온 프로그램이나 영화의 대사라면 아빠는 그 대사를 인용할 때마다

아이에게 영화 줄거리 전체를 설명한다.

😊 영화 〈스타워즈〉와 〈스타트렉〉 중 무엇이 더 나은지에 대해 확고한 의견이 있다. 정답이 있지만, 반드시 그 답을 자신의 내면에서 찾아야 한다.

😊 〈스타워즈〉를 좋아하는 아빠는 다음과 같은 내용을 포함해 이 영화에 관한 모든 것을 논의하고 싶어 한다.

a. 속편과 거기 나오는 자자 빙크스를 얼마나 싫어하는지

b. 아빠가 생각하는 작품성으로 평가한 영화 순위

c. 다스 베이더 목소리로 "아이 엠 유어 파더."라고 말한다. 마스크를 쓰면 비슷한 소리내기에 더 용이할 수 있다.

d. "하거나 하지 않는 거지, 해 본다는 것은 없어."라고 말하거나 요다 말투로 자신만의 명언을 만들어내려고 시도한다.

e. 잘 알려지지 않은 행성의 세부 사항과 등장인물의 배경 이야기

f. 베이비 요다의 아름다움

😊 요즘 리메이크 영화가 얼마나 많은지에 대해 불평한다. 왜 더 이상 영화계에 독창적인 아이디어가 없는지 궁금해 하지만 스파이더맨이나 제임스 본드 영화는 놓치지 않는다.

😊 영화관에 가면 스낵의 가격이 터무니없이 비싸다고 (큰 소리로) 불평한다. 이건 사실상 범죄에 가깝다. (날강도에 대해서는 51p, 〈청구서와 지출〉 참조)

😊 팝콘 없이 영화 보는 건 말도 안 되는 일이기 때문에 비싼 가격에도 불구하고 큰 팝콘을 산다.

😊 아이들이 영화를 볼 수 있을 만큼 충분히 자라기 전에 미리 보여 줄 아빠의 고전 영화에는 다음과 같은 것들이 있다.
a. 〈대부〉
b. 〈다이 하드〉
c. 〈브레이브하트〉
d. 〈람보〉
e. 〈프레데터〉
f. 〈터미네이터〉

g. 〈자동차 대소동〉

😀 어떤 역할이든 관계없이 톰 행크스가 나오는 모든 영화를 봐야 한다. 톰 행크스는 아빠들의 비공식적인 영화 마스코트다.

😀 아널드 슈워제네거의 목소리로 "아윌비백."이라고 말할 기회를 노린다.

😀 전쟁을 다루는, 특히 제2차 세계 대전을 다루는 훌륭한 다큐멘터리나 영화는 거부할 수 없다. 가능할 때마다 참전 용사의 가족 이야기를 들려준다.

···◦─◈── 음악 ──◈─◦···

😀 좋아하지 않는 새로운 음악을 들으면 그것을 '소음'이나 '시끄러운 소리'라고 부른다. 아이들을 위해 들어보려고 애쓰기도 하지만, 그 음악에 대해 불평하지 않으려면 초인적인 노력이 필요하다.

😊 클래식 록을 듣고 "이게 음악이지."라고 말한다.

😊 시상식을 보거나 라디오를 들으면서 이제 내가 알던 가수들이 나이 들어 알아볼 수 없다고 불평한다. 그리고 아이들에게 지금은 비록 구닥다리지만 한때는 멋있었다고 확실하게 말한다.

😊 의도적으로 (그리고 가끔은 의도치 않게) 인기 아이돌의 이름을 틀리게 말한다. 이는 아이들의 웃음이나 앓는 소리를 이끌어 낸다. 자신이 아이돌 가수를 잘 모르지만 그걸 신경 쓰지 않는다는 걸 알리기 위해 이런 방법을 쓴다. 아빠들은 같은 기술을 노래 가사에도 적용한다.

😊 언제든지 출 수 있는 우스꽝스러운 트레이드마크 춤 동작이 있다. 항상 그 춤을 추고 나면 자신이 아직 안 죽었다고 선언하면서 감탄하는 사람이 있는지 주위를 둘러본다.

😊 '예전' 음악이 더 좋았다고 말한다. 정확히 '언제'를 말하는지는 아빠의 나이에 따라 다르지만, 아이들이

태어나기 전인 것은 확실하다.

👦 성인이 된 후 일주일에 적어도 한 번은 듣는 가장 좋아하는 앨범이 있다. 아이들은 그걸 질리도록 듣게 되니 불평할 수도 있지만, 언젠가는 그 앨범을 듣고 아빠를 떠올리며 큰 향수를 느낄 것이다.

👦 집에 전시할 목적으로 값비싼 악기(특히, 기타)를 살지도 모른다. 실제로 한 번이라도 그걸 연주할 생각이 있는지는 중요하지 않다.

👦 운전 중에 어떤 노래를 진정으로 느끼고 있다면 정지 신호 때 허공이나 핸들에 대고 기타나 드럼 치는 시늉을 할 것이다.

👦 행복한 아빠는 아이들이 난처한지 아닌지를 개의치 않고 마음대로 춤추고, 노래하고, 음악을 즐긴다. 춤추는 아빠는 자연에서 가장 위풍당당한 생명체다.

DAD

---- 16장 ----

직장에서의 아빠

LAW

·⊹⊱·· 집에 있는 아빠 ··⊰⊹·

🧒 모든 아빠는 '일하는 아빠'다. 일하지 않는 아빠는 없다. 살림하는 아빠가 어쩌면 가장 힘들게 일하고 있을지 모른다.

·⊹⊱·· 동료와의 상호 작용 ··⊰⊹·

🧒 밖(직장이 아닌)에서 동료와 마주치면 다음 중 하나와 같이 말한다.
a. "탈출했네?"
b. "어이, 일하러 가야지!"
c. "땡땡이?"

🧒 동료들과 이야기하는 것을 '노가리를 깐다.'라고 표현한다. 아빠는 근무 시간 중에 노가리 까는 것을 좋아한다.

🧒 누군가가 공용 공간에서 점심을 먹고 있다면 이에 대해 의견을 말하지 않는 것은 불법이다.

a. "냄새 좋다."

b. "다 같이 먹을 만큼 많이 가져왔어?"

c. "내가 먹고 있는 것보다 좋아 보이네."

😊 직장에서 누군가가 무엇을 먹고 있을 때 모두가 들을 수 있도록 그 음식의 이름을 사무실 전체에 알려야 한다. 예를 들어, "요거트 먹는 거야?"나 "그건 뭐야? 칠면조 샌드위치? 머스터드네, 신기하다."라고 말할 수 있다.

😊 농담을 하기에 완벽한 상황이 만들어진 드문 경우에 누군가가 "여기에서 몇 명이 일하고 있나요?"라고 물으면 아빠는 다음과 같은 농담을 무사히 할 때까지 침착함을 유지해야 한다. "반 정도요."

😊 출근하다가 퇴근하는 동료와 마주치면 몇 시든 상관없이 다음 중 하나와 같이 말해야 한다.

a. "그쪽 길 아닌데."

b. "은행 가?"

c. "잘 가, 다음에 또 와."

업무 습관

- 사무실에서 일하는 35세 미만의 아빠들은 별난 정장용 양말 컬렉션을 보유하고 있으며 각각의 컬렉션은 모두 고유한 특징을 가진다. 35세 이상의 아빠들은 매일 같은 종류의 양말을 신는데, 양말을 한 번에 대량으로 사기 때문이다. (양말 구입에 대해서는 102p, 〈신발〉 참조)

- 월요일에 누군가 안부를 물으면 "월요일 치고는 나쁘지 않아."라고 대답한다. 월요일은 다른 요일보다 평균적으로 60% 더 나쁘다.

- 많은 사람을 소개할 때는 나중에 따로 문제를 낼 테니 집중해서 잘 들으라고 농담한다.

- 누가 봐도 재미없어 보이는 사람들에게 "재미있게 하고 있지?"라고 묻는다.

- 동료 두 사람이 같은 색 셔츠를 입고 있는 것을 보면 "나는 메모를 못 받았나 봐!"라고 말한다. (아빠의 나이

에 따라 이것은 농담으로 한 말일 수도 있고, 비꼬는 말일 수도 있다.)

🙂 동료들에게 지난 주말에 있던 빅 매치를 봤는지 물어
본다. 직장에서 그런 경기에 대해 논하지 않고 지나
가는 것은 아빠의 법칙에 위반된다.

🙂 동료가 주말은 어땠는지 물으면 "충분히 길지 않았
어."라고 대답한다. 주말은 절대로 충분히 길 수 없
다. 그러니 그만 물어봐도 된다.

·⊰···── 사무실 용어 ──···⊱·

🙂 힘든 날엔 근무 환경을 '먹느냐 먹히느냐'로 묘사할
수도 있지만 좋은 날엔 동료들을 두 번째 가족이라
고 부를 수도 있다(아빠가 동료들에게 온도 조절기를 건드리지
말라고 말하기 시작했기 때문에 그들이 두 번째 가족임을 알 수 있다.
8p, 〈집에서의 임무〉 참조).

🙂 아빠를 사랑하는 마음이 담긴 물건(예를 들면, '최고의 아
빠' 글씨가 있는 머그컵)이 있는 아빠는 그것을 직장에서

사용한다. 그런 물건이 없다면 왜 그런지 마음속으로 반성해야 한다.

🙂 동료를 자신과 함께 '전쟁터'에 있는 사람으로 묘사한다. 그리고 자신과 함께 전쟁터에 있는 사람에게 끝까지 의리를 지킨다.

🙂 회사 상사들이 '탁상공론'만 한다고 말한다. 그날그날에 따라 그들에게 분개하거나 존경한다. 언젠가 아빠도 그들 중 한 명이 될 것이고 그때부턴 '탁상공론'이란 말을 쓰지 않을 것이다.

🙂 사장을(사장은 모르게) 여기에 신기에는 부적절한 애정이 없는 별칭으로 부른다.

🙂 야근하고 있는 아빠는 자신의 상태에 대해 이렇게 말한다.
a. "밤늦게까지 불을 밝히고 있다."
b. "일분일초를 다투며 일하고 있다."
c. "뼈 빠지게 일하고 있다."

🙂 미래에 시작하려고 구상 중인 사업에 대해 이렇게 말한다.
a. 곧 모습을 드러낼 것이다.
b. 곧 본격화될 것이다.
c. 기획 단계에 있다.

🙂 가족들에게 "조금 힘든 일을 해서 죽은 사람은 없다."라고 언제나 강조하지만 심신이 피로한 날에는 자기 자신에게 이 사실을 일깨울 필요가 있을지도 모른다.

🙂 직장에서는 두 가지 사이의 기간을 '동안'이라고 부른다. 시작하는 동안과 끝나는 동안 사이의 그동안에 이 '동안'이라는 단어를 반복해 말한다.

🙂 동료가 "나중에 또 봐요."라고 말하면 아빠는 "경고 고마워요."라고 대답한다.

🙂 아주 멍청하지는 않은 어떤 말을 한 후에 "난 보기보다 멍청하지 않아."라는 말을 한다.

😊 동료들이 업무를 하면서 거기서 무엇을 했는지 알게 되면 "나는 네가 거기에서 한 일을 알고 있다."라고 농담한다.

😊 직장에서 다음 중 하나 이상에 대해 매일 불평한다.
a. 형식적인 절차
b. 뭔가를 성취하기 위해 견뎌야 하는 고생
c. 치열한 경쟁
d. 이메일로 대신할 수도 있었던 회의

😊 해고당한 누군가에 대해 이렇게 표현한다.
a. 짐 싸서 나갔다.
b. 쫓겨났다.
c. 잘렸다.
d. '작별인사'를 했다.
e. 해고통지서를 받았다.

😊 아빠는 애초에 왜 자신이 이 모든 일을 하고 있는지 잊지 않기 위해 업무 공간에 가족사진을 가져다 놓는다.

DAD

17장

휴가 중인 아빠

LAW

😊 휴가를 가기 위해 짐을 쌀 때는 다음과 같이 행동 한다.

   a. 가족의 짐이 얼마나 많은지에 대해 불평한다.

   b. 모든 짐을 차 트렁크에 넣으려고 애쓰는 것이 테트 리스 같다고 말한다. 다행히 아빠는 그 분야의 전문 가다.

   c. 무거운 가방의 주인에게 이렇게 묻는다. "이 안에 뭐 넣은 거야? 돌?"

   d. 비행기 탑승 시 수하물 무게 제한에 대해 걱정한다. 여러 차례 가방을 들어 올려 보면서 눈을 가늘게 뜨 고 무게를 가늠해 보려고 한다.

😊 아빠는 여행을 떠나기 훨씬 전부터 차에 짐을 싣기 시작하지만 언제나 아빠의 예상보다 오래 걸린다.

⋅◦⋅⋙ 장거리 자동차 여행 ⋙⋅◦⋅

😊 장거리 자동차 여행을 간다면 도시를 떠나기 전에 연

료 탱크를 가득 채워 최대한 중간에 멈추지 않고 오
래 가기 위한 준비를 한다.

🙂 자동차 여행 중에는 다시 아이로 돌아간 것처럼 순전
히 정크 푸드로만 구성된 간식을 산다. 자동차 여행
에는 어떠한 규칙이나 지침이 없다. 이 기간은 완벽
히 간식 무정부 상태다.

🙂 자동차 여행 중 아이가 화장실에 가고 싶다고 했을
때 차를 멈추기 싫다면 "다음 휴게소에 도착할 때까
지 참아 볼래?"라고 말한다.

🙂 만약 자신이 운전 중 오줌이 마려우면 아무에게도 말
을 못한다. "다음 도시에 도착할 때까지 멈추지 않
을 거야!"라고 말했던 남자의 자존심에 금이 가기 때
문이다. 대신에 다른 누군가가 화장실에 가고 싶다
고 말할 때까지 기다린다. 그런 사람이 생겨도 마치
귀찮다는 듯이 불평을 해야 아무도 알아차리지 못
한다.

·❦·——·· 비행기 여행 ··——·❦·

😀 떠나기 며칠 전에 미리 탑승권을 인쇄한다. 문을 나서기 전에 인쇄본을 챙겼는지 다시 한 번 확인하고, 한 번 더 확인한 다음, 혹시 모르니까 몇 번 더 확인한다. 모바일 앱은 믿을 수 없다.

😀 적어도 4시간 일찍 공항에 도착한다. 어떤 일이 일어날지 모르기 때문이다.

😀 비행기에서 내릴 때쯤엔 옆자리에 앉은 사람과 가장 친한 친구 사이가 된다. 언젠가 그 사람에게 집에 놀러오라는 초대를 받을 수도 있다.

·❦·——·· 바닷가에서의 휴가 ··——·❦·

😀 아이가 모래성을 쌓고 그 주위를 파는 것을 도와준다. 또 아이들이 원한다면 자신을 머리만 남겨놓고 모래에 묻는 것을 허락한다.

🧒 아이들이 조개껍데기나 바다 생물 찾는 것을 도와
준다.

🧒 바닷가를 떠날 때는 여기 저기 온통 모래 천지라고
불평한다. 아마 앞으로 몇 주 동안은 차에서 모래가
발견될 때마다 투덜거릴 것이다. 사실, 지금 차 뒷자
리는 이미 모래투성이다.

·ⓒ━··· 동물원 ···━ⓐ·

🧒 동물원에 가면 다음 중 하나 이상의 말을 한다.

a. (들어가자마자) "와, 동물원이다!"

b. 울타리 앞에서 "떨어지지 않게 조심해!"

c. "(우스꽝스럽게 생긴 동물을 가리키며) 저기 봐, 너 닮았어!"

d. "이렇게 큰지 몰랐어." (큰 동물을 볼 때마다 말한다. 물론 기
린이 크다는 사실은 알았지만 이렇게 큰지는 몰랐다. 정말 크다. 저
목 좀 봐.)

e. "이 친구는 뭘 좀 아네." (먹거나 낮잠 자는 동물을 보고 하는
말이다. 아빠가 지금 당장 하고 싶은 것들이다.)

·❦——· **박물관** ·——❦·

🙂 아이들이 투덜대더라도 여행을 왔으면 역사적이거나 교육적인 장소를 적어도 한 곳은 방문해야 한다고 주장한다.

🙂 박물관에서 아이들에게 명판에 적힌 것을 크게 읽어주면서 적절한 관심을 보여준다. 심지어 "음, 흥미롭지 않니?"라고 덧붙일 수도 있다. 각 전시물에 대한 아빠의 관심은 박물관에 머무른 시간에 반비례한다. 나갈 때쯤에는 전시실을 빠르게 가로질러 통과하겠지만, 처음에는 각각의 전시물을 오랫동안 확실하게 감상할 것이다.

·❦——· **사진 찍기** ·——❦·

🙂 누군가 사진을 찍어달라는 부탁을 하면 다음에 나오는 한 가지 또는 모든 행동을 한다.
   a. 전화기에서 카메라를 찾는 데 어려움을 겪는다. 상대의 사진을 찍으려고 애쓰는 동안 의도치 않게 셀

카를 찍을 수도 있다(고참 아빠들은 일부러 셀카를 찍어 부탁한 사람이 나중에 볼 수 있도록 앨범에 남길 것이다).

b. "치즈"가 아닌 다른 말을 하게 한다(예를 들어, "따라 하세요, '가족 사랑해!'").

👦 누군가가 아빠의 사진을 찍으면, "잘생겨 보이는 각도에서 찍었어?"라고 묻는다. 아빠는 어느 각도에서 찍어도 매우 잘생겼기 때문에 이것은 유도 질문이다.

·❦— 휴가 비용 —❦·

👦 휴가를 계획한 사람이 자신임에도 불구하고 휴가에 들어간 비용에 대해 불평한다.

👦 휴가 중에 가족 중 누구든 너무 비싼 선물 가게에서 돈을 쓰는 것에 반대한다.

👦 놀이공원에 가면 입장료에 대해 불평하지만, 놀이기구를 탈 때는 다시 아이 같아진다. 겉모습은 화를 잘

내는 어른이지만, 마음은 아이처럼 순수하다.

😊 놀이공원에 간 아빠는 가격이 얼마나 사악한지에 대해 적어도 한 시간에 한 번은 불쾌감을 표현한다. '꿈과 희망이 가득한'이라는 말에도 비아냥거릴 수 있다. 음식을 사 먹은 이후부터는 불평의 빈도가 일 분에 한 번으로 더욱 증가할 것이다.

😊 좋은 곳에 있거나 멋진 휴가를 보내면 "여기서 평생 살 수 있겠는데."라고 말한다. 아빠는 진짜 그럴 수 있다.

DAD

18장

아빠와 기념일

LAW

◦•—•◦ 선물 ◦•—•◦

🙂 선물을 주거나 받는 것을 포함하는 모든 축하 행사는
아빠에게 다음과 같은 행동을 요구한다.

a. 쓰레기봉투 들고 대기하기. 아빠는 버리는 포장지
가 바닥에 닿는 즉시 그것을 모아야 한다. '즐거움'
을 방해하게 되더라도 어쩔 수 없다.

b. '잘 만든 상자'는 모두 모아 두기. 그냥 버리지 마라.
재사용할 수 있다.

🙂 아내가 이번엔 선물을 교환하지 않아도 된다고 말했
더라도, 사실 그렇게 말했다면 특히 더욱더 모든 기
념일과 행사에 선물을 준다. 똑똑한 아빠는 그것이
함정임을 알고 있다.

🙂 선물을 주고 나서 그 물건이 인터넷 쇼핑몰에서 별
몇 개를 받고 있는지 자랑스럽게 알려준다. 별 3.5개
짜리 따위는 사 주지 않을 것이다. 절대!

🙂 의외의 물건(불필요한 것일 때가 많다)을 선물로 주고 그것
을 사용하고 있는지 몇 년간 주기적으로 묻는다. 계

속 확인하면서 사용하고 있지 않으면 사용하라고 말한다. 사용하고 있다면 역시 그럴 거라고 내가 말하지 않았냐며 잘난 체한다.

- 모든 대형 선물(자전거, 인형의 집, 주방 놀이 등)을 조립할 책임이 있다.

- 대형 장난감이나 가구를 조립하는 아빠는 설명서를 읽지 않아도 된다. '조립하기 전에 모든 설명서를 읽어주세요.'라는 문구는 아빠가 아닌 아마추어에게 해당되는 것이다.

- 선물을 주고받는 모든 상황에서 전자제품을 설치할 IT 상담사로 소환될 수 있다.

·⟶ 생일 ⟵·

- 생일이 얼마 남지 않았을 때 가족에게 다음 사항에 대해 알린다.

   a. 아빠에게 돈을 쓰지 말 것

b. 아빠는 어떤 것도 필요치 않음

c. 아빠가 정말로 필요한 값비싼 기술 제품에 대한 정보

🧒 가족들이 아빠의 생일 선물로 사려고 비밀리에 계획 중인 완벽한 선물이 있다면, 아빠는 생일 일주일 전쯤 자신이 직접 그 물건을 산다. 매번 일어나는 일이다.

🧒 생일을 맞은 사람들에게 이렇게 말한다. "너 나이가 그거밖에 안 됐어? 나한테 너보다 오래된 티셔츠가 있어."

🧒 아이의 생일에 아이에게 "좀 달라진 거 같아?"라고 묻는다.

·❀·——— 파티 ———·❀·

🧒 아이의 생일 파티에서 다음 중 하나 이상을 해야 한다.
a. 아이들과 함께 성 모양의 에어바운스로 들어간다.

아빠에게는 '어른 입장 불가' 표시가 적용되지 않는다.

b. 아이들이 뛰어다니는 것을 보며 가장 가까이에 있는 어른에게 "저도 저런 에너지가 있었으면 좋겠네요."라고 말한다.

c. 아이들이 곧 겪게 될 슈거 크래시(당분이 높은 음식을 먹은 후 시간이 지나면 느끼게 되는 극심한 피로감)에 대해 농담한다.

d. 주위 아빠들에게 "이 아이들 중 한 명을 데리고 오신 분인가요?"라고 물어보면서 친해진다.

e. 생일을 맞은 아이가 '누나/형'이 된 것을 축하한다. 예를 들어, "생일인 친구가 저기 오네요. 이제 10살이 되니까 기분이 어때?"라고 말한다.

f. 지난 생일을 축하했던 게 딱 일 년 전인 것 같다는 웃긴 말을 한다.

😊 아내의 생일에는 다음 중 하나 이상을 한다.

a. 아내가 점점 어려지고 있다고 주장한다.

b. 아내가 자신을 어떻게 견디고 사는지 모르겠다고 말한다.

c. 누군가 아내에 대해 좋은 말을 하면, "그래서 제가

결혼한 겁니다."라고 자랑스럽게 대답한다.

😊 자신의 생일에는 매번 스물아홉 살이 된다고 말한다. 이 말은 해를 거듭할수록 재미가 없어진다.

⚜ ─── ·•·· 크리스마스 ··•· ─── ⚜

😊 아빠에게는 트리와 집을 크리스마스 전구로 장식할 책임이 있다. 또 전구들이 달린 줄을 고정하거나 풀어야 하고, 처음으로 불을 켜는 영광을 누린다. 또 감

동한 가족의 '오~'와 '와~'를 보상으로 받는다. 충분
히 가치가 있는 일이다.

크리스마스를 앞둔 몇 달간 "산타 할아버지가 보고
계신다!"라는 협박으로 훈육을 대신한다. 심지어 아
이가 말썽을 피우면 산타 할아버지를 불러 특정 상
황에 대해 말씀드린다고 협박할 수도 있다.

크리스마스이브는 일 년에 단 하루, 아빠가 불평하지
않고 가족과 잠옷을 맞춰 입는 날이다.

제야와 새해 첫날

매년 새해가 시작되면 "작년 이후에 한 번도 못 봤
다."라는 농담을 하루에 최소 5번은 할 것이다.

새해 결심에 대한 질문을 받으면 어떤 결심도 하지
않는 것이 올해 결심이라고 말한다. 또 지금의 완벽
함을 망치지 않기로 결심했다고 말할 수도 있다.

새해 전야에 아이들을 잠자리에 일찍 들게 하려고 작년 카운트다운 영상을 재생할 수 있다. 자정까지 깨어 있는 것은 젊은이들에게나 의미가 있다.

·—— 기타 기념일 ——·

상점들이 기념일 맞춤 상품을 너무 일찍 내놓는다며 그 시기가 매년 빨라지는 것 같다고 불평한다.

이미 넥타이가 차고 넘치게 많지만 '어버이날'에 받은 모든 선물을 사랑할 것이다.

DAD

— 19장 —

아빠와 잠

LAW

·ᐤ——·· 짬돌기 ··——ᐤ·

😊 잠시 소파에 앉아 있다가도 잠이 들어 코를 크게 곤다. 잠이 깨면 '그냥 눈 감고 있었던 거'라고 주장한다.

😊 소파에서 TV를 보다가 잠이 들어서 누군가 채널을 돌리면 갑자기 깨서 'TV를 보고 있었다고' 주장한다.

😊 휴식 중에는 외부의 힘으로 움직여지기 전까지 계속 쉰다. 이 외부의 힘은 아빠 위로 뛰어올라 무릎으로 급소를 가격하는 아이나 우는 아기일 수도 있고, 간식을 달라고 소리치는 아이일 수도 있다. 또는 그 밖에 가정에서 언제든지 발생할 수 있는 다양한 상황일수도 있다. 즉, 아빠의 휴식 시간은 그렇게 오래 지속되지 못한다.

😊 잠자리에 들 때 이렇게 말한다.
　a. "이제 베개에 머리를 대보네."
　b. "드디어 하루가 끝났다."

c. "나 잔다."

잠자리에 들 때는 아침에 일이 있어서 잠자리에 일찍 들어야 한다고 가족에게 말한다. 가족들은 이미 아빠가 아침에 일이 있다는 사실을 알고 있다. 말할 필요가 없지만 아빠는 그래도 말한다.

낮잠 시간을 신성한 시간으로 여긴다. 이 시간은 아이들과 자기 자신을 위한 시간이다. 아빠의 낮잠을 방해할 수 있는 것은 없다.

어린아이를 키우는 아빠들은 아이들이 잠든 후에 아무리 피곤해도 늦게까지 자지 않고 TV를 보거나 비디오 게임을 하거나 아무것도 하지 않는다. 왜냐하면 누군가의 부모로서가 아니라 자기 자신으로 존재할 수 있는 시간이 그때뿐이기 때문이다.

일어나기

오늘 아침 얼마나 일찍 일어났는지에 대해 자랑한다.

더 일찍 일어날수록 더 많이 자랑한다.

🙂 휴가 중에는 일찍 일어날 필요가 없지만, 여전히 일 찍 일어난다. 그것은 자존심 문제고 게다가 아빠의 몸은 늦잠 자는 법을 완전히 잊어버렸다.

🙂 특히 생산적인 아침을 보내면 자신이 오전 9시가 되 기 전까지 대부분의 사람들이 하루 종일 하는 일보 다 더 많은 일을 했다고 모두에게 말한다.

🙂 아침에 아이를 깨우는 아빠는 다음 중 하나 이상의 말을 할 것이다.
a. "어서 일어나."
b. "일어나, 학교 가야지."
c. "일어나세요, 우리 아기."
d. "일어나세요, 잠꾸러기 아가씨."
e. "아침 해가 떴습니다."
f. "일어나, 해가 중천에 떠 있어."

🙂 아이가 아침 8시 이후에 일어나면 다음 중 하나와 같 이 말한다.

a. "즐거운 오후~!"

b. "드디어 함께하니 좋구나."

c. "음, 누가 살아 돌아왔는지 좀 보세요."

일찍 일어나는 사람들에게 "일찍 일어나는 새가 벌레를 잡는다."고 말한다.

반면 늦게 일어나는 사람들에게는 "마지막 쥐가 치즈를 얻는다."고 말한다.

아침에 아이들이 너무 시끄럽게 하면 너희들이 "온 동네 사람들을 다 깨우고 있다."고 말한다. 물론 그건 동네 주민들에게 큰 실례가 맞다. 하지만 똑같은 원칙이 오전 7시에 청소기를 돌리는 아빠에게는 뚜렷한 이유 없이 적용되지 않는다.

⚡ 맺음말

아빠의 법칙은 모든 것을 아우르며 변하지 않는다. 이 책에 담긴 내용이 이제 막 아빠가 된 사람에게는 너무 벅차게 느껴질 수도 있다. 하지만 모든 법칙은 아니더라도 곧 머지않아 자연스럽게 몇몇 법칙들을 이해하는 순간이 올 것이다.

처음으로 흰색 운동화 끈을 질끈 묶고 카시트를 설치하느라 낑낑대는 순간, 남자는 가족을 위해 최선을 다하며 동시에 농담을 던지는 '아빠'라는 범세계적 공동체에 합류하게 된다.

가장 중요한 건 아빠의 법칙이 담고 있는 정신이 단순하다는 사실이다. 모든 법칙은 몇 가지 기본 원칙으로 압축할 수 있다.

그리고 그 원칙의 핵심은 아빠의 법칙이 가족에 대한 사랑을 표현하는 방식이라는 사실이다.

a. 가족들을 웃기려고 애쓴다.

(정작 듣는 사람은 '또 시작이구나.' 하며 눈알을 굴린다)

b. 인생의 교훈을 전한다.

(가족들은 그다지 관심 없겠지만 그렇게 한다)

c. 현실적인 문제들을 처리한다.

(차의 엔진 오일에 대해 몇 번씩 묻는 것에 모두가 지쳤더라도 계속
된다)

d. 아내와 아이들에게 행복한 추억을 선물한다.

e. 아빠의 인생에 전부인 가족들을 위해 육체적, 정신
적, 정서적으로 언제나 가족들의 곁을 지킨다.

⚡ 감사의 말

〈아빠의 법칙〉이라는 광범위한 모음집을 엮어내는 일은 정말 도전적이고 어떻게 보면 말도 안 되는 프로젝트였다. 함께 작업한 동료들의 노력과 아빠 행동 전문가들(아빠의 농담을 좋아하는 사람들을 지칭하기 위해 방금 만들어 낸 말이다)과 수많은 면밀한 논의를 거치지 않았다면 불가능했을 것이다.

특히 가장 많은 도움을 준 《더 대드》의 재치 있는 작가들에게 감사를 전한다. 그중에서도 지미 애플가스, 마리온 보이드, 모건 뮤직, 조던 스트래튼은 이 신성한 법칙을 책으로 기록하는 데 큰 도움을 주었다.

《섬 스파이더》의 애덤 호킨, 푸엉 아일랜드, 린지 마틴, 메린 파스테르나크, 줄리 스타인하겐에게도 특별히 감사의 말을 전하고 싶다. 그 밖에도 이 중요한 책이 세상에 나올 수 있게 도와준 모두에게 감사하다.

전 세계의 감사를 대신 표하며.